INDIEN BLANC

INDIEN BLANC

Gilles DEL PAPPAS

Les éditions atelier in8

Si j'avais la pine d'un bison
Si j'avais les couilles d'un bison
Je monterais en haut de la colline
Et je pisserais sur tous les couillons

Anonyme

Notre peuple ne s'appelle pas Sioux ou Dakota. Ce sont les Blancs qui s'expriment de cette manière. Nous nous appelons *Ikce Wicasa*. Les humains de la nature, le peuple ordinaire sauvage et libre. Il me plaît d'être ainsi appelé.

Tahca USHTE (Cerf Boiteux)

Ils ne sont ni blancs ni noirs de Guinée. Le pli ourlant leurs paupières les rattache à la race jaune ; de même que la tache bleu noir que les bébés arborent durant quelques années au creux des reins.

Christophe COLOMB

Avertissements divers et variés

Je tiens à m'adresser spécialement et avant tout aux Indiens, mais aussi aux divers lecteurs spécialistes, amis distingués et savants de la Nation indienne.

Ceci un est roman.

Il n'a d'autre ambition que de divertir.

J'ai, par ignorance ou volontairement, changé les vérités, enchevêtré à loisir les concepts ancestraux, mixé les savoirs, les cultures de diverses nations guyanaises indiennes: *kalina*, *palikur*, *arawak*, émerillon, *wayapi*, *wayana*, allant même jusqu'à emprunter des pans entiers de la culture navajo ou sioux. C'est pareil pour la langue employée par les Indiens de l'île de mon histoire. C'est en partie de l'ancien caraïbe que j'ai trouvé dans le dictionnaire du révérend père Raymond Breton, et qui date de 1665.

C'est dire si le lettré, cherchant dans ce conte moderne un semblant de cohérence sociologique, ethnologique, culturelle ou historique, va être déçu, décontenancé, voire furieux.

Ignorance donc, car si je me suis documenté sur le terrain et en bibliothèque, je ne reste qu'un auteur ayant envie de raconter une histoire. Je n'ai aucune prétention d'explications savantes... non, non... Rien qu'un écrivaillon.

Mais volontairement!

Car j'avais le désir d'étrange, de curieux, de fantastique, de dérangeant. Je voulais créer des gens qui, s'ils se reconnaissaient indiens, n'appartenaient pas vraiment à tel ou tel groupe.

Que ces Indiens, surtout, me pardonnent donc, sachant que j'ai péché par envie d'intriguer, de faire rêver, et que je reste un fervent partisan de cette magnifique culture amérindienne qu'ils ont raison de défendre avec énergie et amour.

De plus, si on retrouve effectivement ici ou là quelques vagues événements historiques, il est incontestable qu'aucun habitant de ce livre n'a jamais existé en vrai.

Et maintenant, veuillez monter sur la pirogue pour un voyage sur un fleuve qui serpente sur la peau des choses.

Ce livre est entièrement dédié à ma famille de cœur qui vit là-bas, au bord du fleuve.

CHAPITRE PREMIER

Cela fait plusieurs lunes que nous devons partir…

La décision a été prise quand le grand fromager* a disparu pour toujours dans le fleuve, aspiré par les doyens des Dieux.

« *Lallêtou, licota matobou !* [1] »

Il existait pourtant depuis des temps que les Anciens chiffrent à plusieurs générations, le clan l'avait toujours connu. Toujours !

Avec des grincements terribles, des gémissements monstrueux, il nous avait avertis.

C'était une nuit de pleine lune. Nous étions tous sortis de nos hamacs, de nos carbets, même les tout-petits, qui tenaient les jambes de leurs parents, effrayés encore plus par la peur sourde des adultes.

L'immense arbre se tordait, craquait, pris de convulsions. Tamouchi, le très vieux sorcier qui parle aux animaux, aux vents et aux arbres nous dit :

« Il nous demande de l'aider ! Il souffre. »

Et moi qui suis celui qui se situe le plus loin du vrai monde, moi, je percevais aussi ses plaintes profondes :

« Je vous en prie ! Je me meurs, sauvez-moi ! »

Ses gémissements me brisaient le cœur de la même façon que si j'étais né ici.

« On ne peut rien faire, les grands régulateurs du fleuve l'ont pris avec eux, ils vont l'emmener ! »

Les prédictions du sage se réalisèrent brutalement. Il faut dire qu'il ne se trompait jamais. Avec un dernier, un horrible craquement, l'arbre

* On appelle « fromager » en Guyane un arbre qui ressemble au fromager africain.

1 - C'est sa fin, sa mort !

centenaire descendit doucement, doucement… inexorablement. Cela n'en finissait pas. En même temps, dans sa défaite, il dégageait une telle force !

Nous criâmes tous.

Même les chasseurs, hommes valeureux ne craignant aucun danger. Même Oulayoumaka, le chef du clan, même Amiman, qui avait affronté la femme-araignée dans la forêt et en était revenu avec les cheveux *kalloubauli*, tout blancs, le seul à avoir, avec moi, la crinière de cette couleur.

Dans une formidable explosion, il finit pourtant par tomber, faisant jaillir du fleuve un geyser qui éclaboussa toute la mangrove sur plusieurs dizaines de mètres. Puis, lentement, nous le vîmes dériver vers l'embouchure, pris par une force qu'il ne connaissait pas et qui allait l'achever. Quand il eut disparu, Oulayoumaka nous réunit et nous avertit qu'il nous fallait partir !

« Nous avons encore un peu de temps, mais c'est un signe qu'il ne faut pas négliger. »

Son regard nous avait tous englobés.

« Nous bougeons. Nanatangan[2] nous dit qu'il ne nous veut plus… Il faut faire nos bagages et nous préparer à suivre la voie que nos ancêtres ont déjà tracée dans l'obscurité de l'histoire. »

Il rajouta après un long moment de silence où chacun se recueillait :

« *Àbana lic iénron oùbao nhàhou callinàgoium akimpa keinum !* [3] »

Alors j'ai pensé au manuscrit que j'avais écrit ces derniers mois, nuit après nuit… Je me suis demandé ce que je voulais vraiment détruire avec lui, et pourquoi je l'avais fait… et ce qu'il m'avait coûté.

Les Indiens n'ont pas besoin d'écrire, ni de compter.

Ils ont été très curieux de me voir tracer des dessins sur le papier. J'ai trouvé l'encre et le porte-plume dans la poche du pilote, un homme de Smith. J'ai pensé qu'il les avait achetés chez les Chinois, car on trouve souvent des objets anciens chez eux. Des stocks de vieilles choses qui étaient perdues, ressurgissant d'on ne sait où…

Le papier a été récupéré pour moi par un adolescent dans l'hélicoptère avant qu'il ne disparaisse. J'avais été obligé, quand je n'écrivais pas, de cacher mon matériel dans l'arbre qui soutenait ma case, les enfants voulaient absolument jouer avec.

Que faire ?

Le nouveau chef de village ne nous avait pas laissé le choix, notre nouvelle vie devait être encore plus cachée, encore plus secrète. Nous

2 - Le père des hommes.
3 - Il n'y a plus qu'une île d'où les hommes libres n'aient été chassés !

allions vers un endroit que personne ne connaissait. Là, j'allais me fondre définitivement dans une mystérieuse forêt primaire. Tant mieux! J'étais fatigué de toute cette culture qui m'avait, certes, nourri, mais dont je n'étais que médiocrement satisfait.

J'ai demandé une entrevue à Tamouchi. C'est de lui que je dépends, il a pris ma vie, m'a sauvé, soigné. Il m'a aussi empêché de me l'ôter, tellement j'étais malade de chagrin. Je la lui dois complètement.

« Je veux envoyer la lettre à mon ancienne famille. Avant de quitter définitivement la terre des Blancs. J'ai des choses à transmettre. C'est mon rôle. J'ai été très lâche et peu consciencieux, je veux partir lavé de tout, propre. »

Il avait regardé une petite fille qui poussait une poule avec un bâton, apparemment indifférent.

« Ah oui… Ce que tu traçais sur le papier, toutes ces nuits… c'était bien ça. Tu demandais un pardon de la faute que tu traînes depuis toujours. Je le sais, je l'ai vu la première fois. »

Il m'avait scruté profondément, longtemps, ce n'était pas une demande courante, les plis sur son front étaient creusés.

« Et… tu n'as pas peur d'être reconnu ? »

J'y avais pensé, je ne sais pas si je suis toujours recherché. Les années ont passé, ils doivent avoir d'autres chats à fouetter.

« C'est tellement vieux, tout ça ! »

Ses traits sévères s'étaient très légèrement adoucis.

« Oui, c'est vrai. Bon, tu sais que chez nous, on laisse la responsabilité à chacun… mais ce sera la dernière fois. »

J'avais baissé la tête en signe d'assentiment et de soumission.

« Je comprends… »

Il avait souri, content de ma connaissance du rituel.

« Dans une semaine, je demanderai à ceux qui veulent t'accompagner à Saint-Laurent de t'aider à remonter le fleuve… Et puis… ça permettra aux jeunes qui le veulent de voir la ville. »

Il avait soupiré et rajouté :

« S'ils en ont envie. »

Je ne sais pas si j'étais content d'avoir si facilement obtenu son accord. Comme d'habitude, il mettait les gens de son clan devant leur destin.

Je me sentais partagé, et jusqu'au dernier moment, quand nous sommes montés dans la pirogue, je n'étais pas sûr de vouloir donner ces nouvelles de l'ailleurs qui avait été ma vie. Laisser des traces, des peines… raviver des haines, des rancœurs chez des gens qui ne m'avaient rien fait… Ce n'était pas forcément une bonne idée.

Je ne sais pas pourquoi mais ces liens que je croyais effilochés dans les méandres de ma mémoire ressurgissaient brusquement au moment où j'allais, moi, disparaître à jamais. Étais-je encore fier de l'adolescent insupportable d'assurance, d'arrogance que j'avais été ? Quelles réminiscences étranges couvaient encore dans ma tête ? N'avais-je pas assez été ballotté par la vie, n'avais-je pas compris le peu d'importance qu'on occupe dans l'éther ?

Allais-je mettre à la poste ce document, oui ou non ?

CHAPITRE 2

À l'occasion d'un colloque international, il fut, en qualité de journaliste, hôte dans la ville de Kourou, en Guyane française. On l'invita, lui qui n'était pas très connu, car le grand spécialiste était au lit avec une crise aiguë d'hémorroïdes. Il assista au tir d'une fusée chargée de mettre en orbite un satellite de communications japonais destiné à diffuser des programmes pleins de mangas aux monstres bondissants.

Tout était organisé à merveille.

Dès la descente de l'avion, un bus conduisait avec diligence les correspondants distingués devant leur hôtel réservé. Quatre étoiles : suite, petit-déjeuner somptueux, piscine et climatisation.

« C'est formidable, il y a tout ! Frigidaire, Canal + ! On se croirait vraiment chez nous, à Paris ! »

Réflexion du voisin de chambre, un ingénieur, représentant de matériel pour un laboratoire scientifique allemand. Et effectivement, la moindre chose était magnifiquement prévue !

Beaucoup trop à son goût !

Donc, lui, il avait eu envie de voir une autre Guyane, profitant d'un trou d'une journée dans le programme…

« Pour vous remettre ! Vous pourrez ainsi vous délasser, vous reposer du voyage au bord de la piscine.

– Est-ce qu'on peut se balader dans le pays ? »

Trop content, l'employé l'avait rassuré :

« Bien entendu, une agence de location de véhicules est à votre disposition dans l'hôtel même… »

Ouais, bien au point.

Il avait l'impression de ne pas être sorti des jupes de sa mère.

C'était à une époque où, justement, il cherchait à s'émanciper de la chape familiale qui lui avait, certes, permis de faire des études brillantes, mais à quel prix ! À trente ans, il était presque puceau, n'avait rien connu du monde. Il aspirait à l'aventure et allait commencer par se balader dans cette ville qu'on disait peu sûre.

Il loua donc un 4x4 et fila directement sur Saint-Laurent, une des trois villes importantes de ce pays d'outre-mer.

C'était un samedi matin, il avait plu dans la nuit mais là, le ciel était dégagé de tout nuage. L'orage n'ayant pas rafraîchi l'atmosphère, il avait coupé la climatisation de la voiture pour ouvrir la fenêtre. L'air chaud entrait et le faisait transpirer d'abondance. Il accueillit ce signe de son corps avec plaisir.

Enfin, l'accident, l'entropie !

Cela peut sembler ridicule mais, à l'époque, il estimait que perdre son eau ainsi était presque anormal. Et donc très excitant, un genre de petit événement !

C'est dire où il en était ! La moindre sensation étrangère à son quotidien le bouleversait. La préhension du froid, du chaud, le corps qu'il ne contrôlait plus, c'était formidable !

Faut dire qu'il n'avait jamais voyagé. Sa mère n'aimait pas l'avion, le train, la voiture… Bref, elle avait horreur de sortir de chez elle.

« Vous ne pouvez pas vous rendre compte, avec tous ces accidents d'avions ! Et puis, par la suite, ces chambres d'hôtels sordides où on fait semblant de vous changer les lits… Et alors, après… vous vous retrouvez dormant dans les draps d'un vieux ! »

Évidemment !

Pourquoi un vieux ? Il ne savait pas. Elle avait une sainte phobie des vieux. Elle-même n'était plus très jeune, mais ça ne faisait rien. Elle repoussait les limites de son âge en ayant l'aversion de l'âge des voisins.

Ils se vouvoyaient, même dans l'intimité.

Enfant, il s'y était fait… Car dans le temps, il y avait eu quelques armoiries du côté de son père. Elle avait voulu, par cette bizarrerie verbale, instaurer une distance affective, pour se rappeler à jamais cette décadence relative.

Il était, quant à lui, assez étranger à ce particularisme, à cette envie d'être ce qu'on n'est plus. De plus, il s'était toujours douté que ça confortait son refus de l'intime. Elle ne supportait pas le contact. Quand par mégarde il la touchait, elle devait se laver la partie « infectée » pendant des heures.

Une drôle de femme !

Oui, il avait souffert.

Donc, pour rêver, pour échapper à un quotidien totalement étouffant, il avait étudié comme personne jamais ne l'avait fait.

Un jour, sa mère ne s'était pas réveillée… Elle n'avait pas souffert. Il avait éprouvé beaucoup de chagrin et, à sa grande honte, un peu de soulagement à sa disparition. Puis il s'était rendu brusquement compte que les années avaient passé et qu'il n'avait rien vu du monde.

Alors, lorsqu'il reçut cette invitation pour venir admirer la fine fleur de la technologie française, il accepta avec l'enthousiasme, qu'on peut imaginer, de partir enfin ailleurs. Un ailleurs qui fleurait bon le parfum des bagnards, des Indiens, des anciens esclaves noirs… de l'aventure !

Saint-Laurent !

La Guyane française est encadrée par l'océan Atlantique au nord et par deux immenses fleuves à l'est et à l'ouest, qui font frontières naturelles avec des pays amis. C'est l'Oyapock pour le Brésil et le Maroni pour le Surinam.

Le panneau d'indication de la ville est tout rouillé, la forêt s'est brusquement effacée devant ce qui défigure l'entrée de l'équivalent d'une grosse bourgade de province en métropole, supermarchés, garagistes, vendeurs d'essence… Petit à petit, les véhicules sont plus nombreux, camions, voitures, vélomoteurs, vélos. Plus loin, un cimetière, sur la gauche. Quelquefois, la terre a soulevé les pierres tombales blanches, on dirait qu'un bombardement a eu lieu il n'y a pas longtemps. Juste en face, un immense hangar où les gens sont agglutinés en une foule joyeuse, c'est le marché.

Il gare la grosse voiture.

L'affluence est grande, les origines ethniques sont diverses, mélangées… des Noirs africains, des Indiens, des Asiatiques devant des étals vendent des fruits et légumes qui lui sont complètement inconnus. Quant aux poissons… il avoue volontiers son ignorance totale en ce domaine ! Il traîne avec délices au milieu de ce mélange de races, de langues, ouvrant ses narines aux odeurs étranges apportées par la mer toute proche, les épices lui tournent la tête, toutes les femmes, chacune à sa façon, le séduisent.

Vers 1 heure, l'agitation retombe un peu, il descend traîner le long du fleuve. Il s'en dégage une force primitive qui l'impressionne.

Il reste un très long moment à rêver.

Il doit porter son nom, le Maroni, certainement à cause de la couleur des eaux qu'il transbahute. Un marron foncé qui ne permet pas de voir ce qui se trame là-dessous. Il pense aux poissons qu'il a pu observer, tout à l'heure. Des bestioles de dix kilos, et même plus ! Et avec des dents, des piquants, des dards… Il frissonne en pensant aux gamins qui se jettent dedans la tête la première.

N'y a-t-il donc jamais d'accident ?

Tout à coup, il aperçoit une pirogue qui s'est approchée de lui sans qu'il l'ait vue arriver. Sans doute parce qu'elle est mue par des bras et non, comme la plupart, par un puissant moteur permettant de relier aisément le Surinam et la France. À l'intérieur se tiennent une dizaine de personnes.

Des Indiens qui le regardent, sans manifester de surprise ni de curiosité.

Simplement.

Et ces yeux ainsi posés sur lui le font intégrer ce pays, le monde… Il se sent bien, en accord avec tous.

Ils abordent sur la petite plage où la plupart des embarcations viennent accoster. Un jeune homme aux cheveux d'un noir de jais saute sur le sable et tire la pirogue le plus loin possible. Ils ne s'occupent plus de lui, il pense qu'ils l'ont catalogué, analysé et compris en un seul regard. Les enfants descendent les premiers, deux femmes suivent. Elles portent de longues robes très colorées aux motifs tissés qu'il n'a pas encore remarqués sur le marché.

Jolies.

Elles ont aux poignets et au cou des perles multicolores, tressées en dessins géométriques. Les mêmes dessins que ceux peints sur leur visage. Les hommes, graves, débarquent à leur tour. Le dernier à débarquer dénote avec ses cheveux blancs tirés en catogan… et ses yeux bleus très lumineux. Une couleur inattendue sur ce visage marqué par l'âge. Lui aussi a, sur tout le corps, les dessins définissant son appartenance à son groupe.

Enfin… c'est comme ça qu'il voit les choses.

Une appartenance à la nation indienne. Petits avec, en général, le ventre en avant, ils ont fière allure. Ils se tiennent à quelques mètres et regardent le fleuve, de l'autre côté, vers le Surinam. Seul le plus vieux revêt un pantalon, trop grand pour lui, une chemise, pend son sac à son épaule et se dirige lentement vers la ville.

Brusquement, le Français se sent des fourmis dans les jambes. Il ne sait pas pourquoi il fait ça, mais il se lève et se met à le suivre. L'Indien a une démarche étrange. Il semble ne pas prendre appui sur le sol. Il est maigre, c'est vrai, mais l'impression vient d'ailleurs.

C'est sa façon de se mouvoir. On dirait qu'il ne pèse pas sur la terre.

Il danse !

Oui, c'est ça… il danse ! Sa promenade l'emmène dans un grand bar qui fait l'angle des deux rues les plus importantes de Saint-Laurent.

L'indigène au catogan entre sans hésiter.

Ayant peur de le perdre, son suiveur s'engouffre à son tour dans le bar. Où donc est-il passé ?

La salle est immense, et il y a très peu de personnes à cette heure-ci. Un garçon sommeille sur un tabouret, attendant un client potentiel, des pales d'acier grinçantes brassent un air chaud et humide.

Tout à coup, une poigne d'acier l'agrippe.

C'est l'Indien qui l'attendait, juste après la porte, dans un recoin du bar. Il projette son bras sous son cou et l'adosse ainsi brutalement au mur.

« Qui êtes-vous ? »

Il approche son visage du sien et l'observe de tout près. Il se dégage une violence ancestrale, animale, de ce regard.

Calmement, mais fermement, il insiste :

« Je répète ma question. Qui êtes-vous, et que me voulez-vous ? »

Étranglé par son bras maigre mais musculeux, il ne peut sortir qu'un bruit de gorge. L'Indien relâche son étreinte pour lui permettre de parler.

« Allez-y… »

Il n'est pas en colère, son ton est calme et très déterminé. Il veut juste savoir.

Que peut-il lui dire ?

« Écoutez… vous vous trompez, je ne vous sui… »

Le bras l'étrangle de nouveau.

« Vous me suiviez. Ne me racontez pas de balivernes. Simplement, répondez-moi. Réfléchissez vite, mais ne répondez pas n'importe quoi ! »

Puis l'homme du fleuve sourit tranquillement.

« Vous savez, je peux très bien vous tuer, là. »

Il voit un éclair jaune, il sait que l'Indien ne ment pas. Ils sont dans le hall, un endroit où personne ne peut les voir. Sauf s'il rentrait un assoiffé… mais aucun ne semble avoir envie d'entrer dans ce bar.

« Personne ne nous a vus, et le temps qu'on vous trouve, je serai loin… Alors… si vous décidez de répondre, fermez les yeux. »

Il s'empresse d'obéir, commençant à manquer sérieusement d'air… L'Indien desserre suffisamment son étreinte pour le laisser parler. Il en profite pour plaider :

« Non, non ! Ne faites pas cela ! Je… je ne sais pas pourquoi je me suis conduit comme ça ! Je vous en prie, lâchez-moi ! Je vous en prie… »

Sa dernière supplication est celle d'un enfant au bord des larmes. L'homme lui demande :

« Qui êtes-vous ? »

Il balbutie :

« Philippe Tacurezau… Je suis ingénieur… et journaliste. Je travaille pour un journal scientifique… Regardez dans ma poche… mes papiers… »

De sa main libre, le tatoué saisit le portefeuille et l'ouvre d'un mouvement vif du poignet. Il lit :

« Oui… Tacurezau… »

Son étreinte est moins forte sur son cou mais elle est toujours présente.

« Bon, vous êtes un ingénieur. D'accord… mais… ça ne m'explique pas pourquoi vous me suiviez. »

Comment peut-il lui parler d'une chose que lui-même ne comprend pas ?

« Je ne sais pas… Je vous jure que je ne sais pas… Une impulsion… C'est peut-être parce que vous ne faites pas vraiment… Indien ! »

Il l'écoute avec attention en regardant droit, lui semble-t-il, dans sa conscience. Pourquoi a-t-il fait ça ? Il continue à essayer de comprendre son comportement au fur et à mesure qu'il s'exprime.

« Oui, c'est ça… votre corps. Vous n'avez pas le corps des Indiens. Vous êtes grand et maigre. Et puis… les yeux… la couleur… votre regard. »

Un sourire arrive tout doucement sur les lèvres du grand type sec. Il sent qu'il le convainc.

« Mes yeux, hein ? »

Il hoche la tête autant que le permet le bras de fer qui l'enserre.

« Je ne fais pas Indien, hein ? »

Son sourire s'accentue, il le lâche.

« Et pour ça, vous avez décidé de me suivre… »

Il réfléchit un moment.

« Ça vous arrive souvent… d'assumer ce genre d'impulsion étrange ? »

L'ingénieur secoue la tête.

« Non, non, c'est la première fois… »

Tout à coup, une étrangeté lui saute aux yeux.

« Mais, vous parlez… comme un Français… comme moi, quoi. »

Le sourire de l'Indien s'accentue. Il rétorque, se moquant manifestement de lui :

« Les Kalinas sont français… Enfin… en partie.

– Oui, oui, je sais… C'est pas ce que je voulais dire… C'est à cause de… votre accent… »

Il interrompt sèchement le cours heurté de son débit.

« Oui. Je sais ce que vous voulez dire. »

Il continue de le fixer d'une telle façon, avec une telle intensité que l'autre est gêné. Les bruits de la foule sont estompés, mais on entend tout de même une voix de femme qui rit… une femme certainement courtisée, son rire est coquin.

« Un mec qui suit les gens… oui… pourquoi pas ? »

Manifestement, il parle pour lui seul.

« Un bon récepteur, un curieux… Vous êtes un curieux ? »

Question à laquelle il n'a pas de réponse.

« Hum… Je ne sais pas… pourtant… »

Il le prend par le bras, comme s'il avait finalement pris une décision importante.

« Venez, je vous offre à boire.

– Mais… »

L'homme l'entraîne vers la table la plus proche.

« Tenez, asseyez-vous… Vous voulez quoi ? Pour moi, ce sera… un coca-cola… ce sera mon dernier. Je me demande s'il aura du goût… »

Il insiste.

« Et vous ?

– Un café.

– Bon, alors… »

Il se tourne vers le garçon, au comptoir, qui sommeille toujours, abruti par la chaleur moite de midi, et le réveille d'une voix douce, mais qu'on ne peut s'empêcher d'écouter, d'entendre…

« Un café, et un coca-cola bien frais… avec plein de glaçons ! »

Malgré tout, la peur, la surprise, l'agression, le cou douloureux, le technicien sourit. Que ce personnage étrange, au corps peint, qu'il avait vu arriver presque nu, se plaise à boire un coca-cola comme un adolescent du Quartier latin a quelque chose d'anachronique.

« À mon tour de vous demander ce que vous me voulez ? »

Le faux Indien – il est persuadé maintenant qu'il est bien occidental – joue avec son verre. Quand le barman l'a servi, il s'est envoyé la moitié de la boisson d'un coup. Puis, il l'a posé contre sa joue glabre et a fermé les yeux. Il insiste :

« Alors ? »

Cet être mystérieux garde les paupières closes, puis il prononce :

« Le froid… »

Que veut-il dire par là ? Le silence s'instaure, il pourrait dormir, si ce n'est le petit roulement qu'il imprime sur le verre, rafraîchissant ainsi sa joue. Puis brusquement, il ouvre les yeux et s'adresse à nouveau à son compagnon de table :

« Oui, le froid… c'est une bien belle chose ! »

Puis, changeant de sujet :

« Écoutez-moi, monsieur… Tacurezau ! Ce n'est pas grand-chose… mais je dois vous demander… un service… une petite coquetterie. »

Il porte en bandoulière un sac de paille tressé, plat, qu'il lui avait vu saisir, tout à l'heure. Ses mains ouvrent le rabat sans précipitation, avec même de la grâce dans le geste.

Il en sort une grosse enveloppe kraft.

« Tenez ! »

Il la lui tend. Elle est lourde.

« Qu'est-ce que c'est ? »

Un léger sourire fait paraître l'homme plus jeune.

« C'est une espèce de… manuscrit… En fait… c'est quelque chose auquel je tiens énormément, qui m'a demandé beaucoup de travail… et en même temps, je m'en fous ! Mon testament. Oui, c'est ça… mon testament. »

Le Français se gratte la tête, intrigué, et vaguement gêné. Un testament ? Dans quelle sorte de guêpier s'est-il fourré avec ses impulsions étranges ! Suivre ainsi les gens !

Il proteste :

« Mais… je ne suis pas un notaire ! »

L'indien part d'un rire inextinguible. Puis, comme la tempête, il se calme brusquement.

« Oui, je sais bien. Vous êtes un garçon sérieux. Ce que je veux, c'est que vous portiez cette enveloppe à l'adresse indiquée. Je n'ai aucune confiance dans la poste… »

Brutalement, il change d'idée.

« Oh, et puis… merde ! C'est pas fondamental, non ! Il est vrai… au diable le devoir de mémoire ! »

Il lui reprend l'objet.

« Finalement, tout cela va finir au fleuve, point à la ligne. Au fond, l'important c'est d'avoir compris… et de m'être ainsi affranchi des ombres noires qui me hantaient. »

Il remet l'enveloppe dans sa sacoche et fait un mouvement pour se lever. Brusquement, pour le jeune homme, ça devient vital qu'il soit en possession de ce document, il ne veut pas qu'il soit détruit.

« Non… »

Il le retient.

« Donnez donc, je vais m'en occuper ! »

Il ne sait pas ce qui se passe en lui mais il tend son autre main comme un mendiant…

« Faites-moi confiance ! »

Son accent est suppliant. Le type émacié le regarde, surpris par sa véhémence… hésite encore…

« C'est de la bêtise… au fond… ne vous croyez pas obligé de… D'ailleurs, il faut que je m'en aille. »

L'Indien se dégage gentiment.

Le Parisien se lève à son tour, lui pose la main sur l'épaule. Le membre est nerveux, musclé.

« Je vous en prie… J'ai vraiment envie de vous rendre ce service. »

L'Indien hésite un moment. Le bruit des pales des ventilateurs, au plafond, meuble un moment le silence, puis brusquement, il cède.

« Bon, si vous voulez… C'est une bouteille à la mer. Je ne sais même pas si l'adresse est encore valable. Allez-y ! »

Il ressort le paquet et lui tend.

L'ingénieur s'en saisit et le pose sur la table.

« Vous pouvez me faire confiance. Je remettrai ce colis en main propre. »

L'Indien devient distant.

« Si vous voulez… mais si vous ne trouvez pas, brûlez tout ! Bon vent ! »

Il se lève et s'en va comme ça, sans dire au revoir.

Lui reste un moment à regarder l'enveloppe, contenant certainement un grand nombre de multiples feuillets épais. Un secret ?

Un nom dessus : Sylvia Bianchi. Une adresse : 125, rue du Colonel Dominé. 75013 - Paris. Une écriture élégante, veillotte, légèrement penchée. L'Indien, si c'est lui qui a écrit, s'est appliqué à tracer proprement les pleins et les déliés. Le voyageur n'a plus vu cela depuis… très longtemps. Et s'il ne se trompe pas, ce dessin-écriture a été réalisé avec une plume Sergent Major trempée dans de l'encre violette. Cette fameuse encre indélébile qui vous tachait les paluches, enfant, et qui nous reliait tous dans une secte inoffensive et marrante ; celle des « doigts violets ».

Le colorant a pâli, ce n'est pas hier qu'on a écrit cette adresse.

Sylvia Bianchi… Qui est donc cette femme ? Quel lien l'unissait à cet homme mystérieux ?

Derrière, à l'endroit où on inscrit le nom et l'adresse de l'expéditeur, rien. La colle n'a pas bien adhéré à la partie droite. On pourrait facilement… si on le voulait…

« Attendez ! »

Il veut lui parler encore, le saluer, lui souhaiter une bonne route, tout au moins lui serrer la main. Il sort du bistrot en courant et le cherche, mais il a disparu.

Il court jusqu'au fleuve. Personne !

Il n'aperçoit plus qu'un petit point, là-bas, une pirogue suivant la mangrove vers la mer.

CHAPITRE 3

Et puis cette nuit, Amoïdena est venue me voir.

Elle portait les peintures rituelles de jeune fille. Elle me disait qu'elle était là pour m'aider.

« Oh, je sais que tu m'aimes encore… et que tu ne veux pas m'abandonner, mais il faut vraiment me quitter… En fait, tu ne comprends pas car tu es rentré par la petite porte, et tu es encore un enfant. Vois-tu, nos destins sont maintenant liés, à jamais. Le fleuve est partout et je serai toujours avec toi. Il te suffit de plonger tes regards si clairs dans ces eaux noires pour m'apercevoir. D'ailleurs, regarde… quand tu as besoin, je suis là. »

Et je l'avais vue entre deux souches pourrissantes, pure comme au premier jour.

« Je suis là, dans le fleuve, mais aussi dans le manguier, dans le noyau du maripa dont on fait le beurre, dans les grains de comou dont on fait le lait si doux, dans l'aouara dont on fait le fameux bouillon, dans le toloman qu'on donne aux nouveaux-nés, dans le manioc, leur pain… emporté avec eux par les esclaves noirs depuis leur Afrique natale, de l'igname, dont on fait la purée qui accompagne toujours le gibier, le concombre torchon, le fruit à pain, les épinards sauvages, la christophine, qu'on peut déguster comme on veut, crue ou cuite, le chou maripa, la fruita-Pam ou châtaigne, les aubergines, les avocats, les haricots Hmong… et aussi dans les fruits, mangue, papaye, ananas, orange douce ou amère, citron, mandarine, abricot, le corossol, les différentes bacoves, beurre, balisier, pomme, violette… dans la goyave, la pomme d'acajou, de liane, et de cythère, le tamarin, la sapotille, le coco… je serai aussi dans les poissons… le piraï carnassier… le yaya, le prapra, le gros-yeux, véritable animal amphibie… le coumarou, la petite sardine, le yaya soleil, appelé parfois yaya grand-saut, les différents acoupas, l'acoupa-courtine, l'acoupa-aiguille, l'acoupa-canal, l'acoupa-crevette… la carangue, le croupia-roche, la lubine, l'assiette, que les bonis appellent la lune, le mulet, le parassi, le bressou, le coco, le couman-couman, le jamais-goûté, ainsi nommé à cause de son extrême rareté, le machoiron, blanc et jaune, la petite gueule, le pémécou, le piracoucou, le pacou, le passany, le poucici, la torche, l'anguille tremblante, très dangereuse… l'attipa, poissons qui étaient sur terre avant même que nous, les Indiens, premiers habitants du monde, apparaissions… le coulant, le siscioua, le patagaïe, les raies, les requins, le caïman. »

La liste ne s'achevait pas ainsi, il y avait aussi les grimpeurs.

« Je serai aussi dans les singes… l'alouate, ou singe rouge, qui nous a tant bercés avec son chant nocturne, tu te souviens ? Mais je serai aussi dans ses cousins le sapajou, l'atèle, le tamarin, l'aotès, singe à tête de chat. Quelque chose de moi sera aussi dans le pagani, l'aigle de Guyane… et dans le Tigue Tchou Boulé, le jaguarondi, et le puma, des solitaires… dans la douce et forte tortue, dans la terreur des poulaillers, le pian… dans l'agouti, le capïaï, le porc-épic, le parçou mouton ou aï, tatou, tamanoir, maïpouri, le cerf… »

Elle m'avait souri très tendrement.

« Je serai aussi dans ce qui grimpe, ce qui vole, ce qui nage… dans les moustiques cruels, dans la pluie du matin, le soleil… partout, je serai à tes côtés. »

Elle avait ajouté avant de disparaître :

« Même quand tu honoreras ta femme, ma sœur, je serai là. En toi… en elle. »

CHAPITRE 4

Il a tenu jusqu'à son retour en France métropolitaine. « Tenir » est le mot, car le paquet qu'on lui avait confié lui brûlait les mains. Il avait une envie folle de savoir ce qu'il contenait. Mais heureusement, il avait été très occupé dans les premiers jours. Des comptes rendus à rédiger… du courrier, des mondanités ennuyeuses, mais nécessaires. Il n'avait pas pu se rendre immédiatement à l'adresse indiquée. L'enveloppe était posée dans l'entrée, sur un petit guéridon. Elle semblait briller d'une lumière intérieure, détenir quelque vérité essentielle. De façon irrationnelle, il pensait qu'elle le narguait, elle semblait lui dire :

« Tu n'es pas assez courageux pour soulever ce rabat mal collé et voir ce que je renferme ainsi jalousement. Tu as d'ailleurs raison, car la curiosité est un vilain défaut. »

Enfin, le troisième jour, délivré de ses obligations dans la toute fin de matinée, il se rend à l'adresse indiquée par cette main sophistiquée. Celle, il n'en doute pas, du pseudo-Indien. Il lui semble impossible qu'elle puisse appartenir à une autre personne.

Le bâtiment, d'une facture assez classique, construit par le baron Haussmann ou un de ses copains, se situe non loin du musée du Louvre. La concierge ouvre à son coup de sonnette.

« Bonjour, on m'a chargé d'une lettre à remettre… »

Il jette un coup d'œil pour être sûr de ne pas faire d'erreur dans le nom.

« Madame Sylvia Bianchi. »

La jeune personne – oui, la concierge a l'air d'une étudiante – plisse son joli petit nez en trompette pour lire, elle aussi, le nom sur le papier kraft, hausse les épaules et lui sourit gentiment.

« Désolée, inconnue au bataillon ! »

Il reste un moment décontenancé : il n'avait pas pensé à ça.

« Ah bon ? Comment vais-je faire ? Je dois absolument remettre ce paquet à cette personne… »

Elle défait le tissu qui tient ses cheveux et un tourbillon frisé, doré lui saute au visage.

« Je ne sais pas… »

Il est complètement fasciné par la grâce, l'épaisseur de cette crinière.

« Moi, je remplace ma mère… Si vous voulez lui demander, elle est dans la loge. »

Elle lui montre du pouce la porte vitrée derrière elle.

« Je veux bien… Il y a longtemps qu'elle travaille ici ? »

Elle secoue la main, dans un geste que, oui, ça fait un sacré bail…

« Vingt ans ! »

Il frappe à la porte.

La jeune fille rit brièvement.

« Entrez, entrez… Elle est sourde comme un pot, il va falloir que vous lui parliez fort ! »

En fait, il ne peut faire cela, l'éducation stricte qu'il a reçue l'empêche d'agir de la sorte.

« Heu… »

Devant son trouble, la jolie blonde éclate de rire. Elle ouvre la porte, demande :

« M'man ? Tu peux recevoir quelqu'un qui veut te demander quelque chose ?

– Hein ? Quoi ? »

La jeune fille féline hausse le ton et détache bien ses mots :

« Je dis… tu peux recevoir quelqu'un ? »

Il voit une ombre, derrière la vitre, approcher lentement.

« Hein ? Qu'est-ce qu'il veut ? »

Elle le surprend par son éclat. Une belle femme ! Pas étonnant que sa fille le fascine…

Il lui tend l'enveloppe.

« Connaissez-vous la personne à qui on m'a demandé de remettre ce pli ? »

Elle jette un coup d'œil, grimace.

« Non, ce n'est pas ici, elle n'habite pas dans cet immeuble.

– Vous êtes bien sûre ? »

Le regard qu'elle lui jette n'est guère aimable, mais elle se retient.

« Oui.

– Merci. »

Il quitte les deux femmes, désemparé. Il commence à pleuvoir. Une petite pluie glaciale qui lui descend directement dans le cou.

Dès qu'il trouve un café, il s'installe pour boire une bière sur une table en bois.

La lumière se fait rare.

« Et voilà, une bière, une ! »

Il attend que le barman moustachu lui porte le verre blond et mousseux pour décacheter l'épaisse enveloppe.

Un flot de feuillets, mélangés avec des coupures de presse, s'en échappe. Il ne se presse pas pour s'en saisir. Avant, il boit une gorgée.

« Est-ce que j'ai le droit, au moins ? J'ai fait tout ce qu'il fallait, maintenant, voyons un peu ce que c'est ! »

Il commence par les coupures de presse. Elles sont datées de dix ans en arrière. Elles portent toutes sur un fait divers qui s'est passé dans une île située sur l'embouchure du Maroni. Un groupe de mercenaires avait magouillé là-bas on ne savait pas trop quoi, et s'était volatilisé... Complètement disparu ! Et pas seul, non ! Avec un hélicoptère volé à l'armée. Le journaliste sous-entendait qu'ils avaient rejoint les *Jungle Commandos* de Brunswijk, l'indépendantiste marron qui avait essayé de prendre le pouvoir au Surinam mais avait lamentablement loupé son coup et s'était rabattu en forêt primaire, sur le fleuve.

Depuis, avec quelques gars, il sautait de frontière française en frontière du Surinam, échappant ainsi à l'armée victorieuse. Un autre journaliste pensait qu'il s'agissait plutôt de drogue et, dans un journal concurrent, c'est la piste de l'or qui avait été préférée. Les gars se seraient entre-tués pour une mine. Il y avait aussi quelques photos de jeunes types que, d'après l'article, on recherchait activement, mais en vain.

Ils ont l'air très gentils là-dessus, des visages d'enfants. Il imagine mal des mercenaires sans foi ni loi.

« On leur donnerait le bon Dieu sans confession ! »

Les articles, les photos, évidemment, n'étanchent pas sa soif de curiosité, mais ça l'excite.

« Qu'est-ce que c'est que toutes ces histoires ? »

Il commence donc à lire l'écriture serrée, la même que sur l'enveloppe, avec une encre également de couleur, couvrant avec une rigueur toute militaire les pages de papier bible qui composent le recueil.

Mais où a-t-il trouvé ce papier ?

La première page, qui a certainement été trop pliée et repliée, se détache immédiatement.

C'est comme un prologue...

CHAPITRE 5

Cela fait plusieurs lunes que nous devons partir… Et du coup, je ne sais pas si ce texte a un quelconque intérêt. S'il sera lu, et par qui ? Les dieux dans le fleuve qui rallie le grand lac me conseilleront.

Je vais commencer à écrire, jour après jour, pour y voir plus clair, offrir une image dans les rêves d'une inconnue… et puis pour témoigner : une coquetterie encore occidentale.

Je sens que, très bientôt, cet homme-là disparaîtra.

Je le sais.

Aahoüa, le serpent-mère, naîtra à sa place pour le temps qui m'est imparti. Aahoüa, mon nom secret… jamais prononcé en ma présence sauf par ma grand-mère par alliance, Tinndia, qui en a le droit… Depuis que je suis entré pour de bon dans le clan.

« Nul ne devra le savoir… Sinon on peut te faire du mal. »

Nous étions dans son carbet-atelier, c'est là qu'elle travaillait la terre. J'étais allongé dans le hamac. Avec la baguette de bois, elle s'était occupée de mon visage en rouge, et avec la plume d'agami, l'oiseau aux longues pattes qui sert surtout pour cela, elle avait peint sur mon corps les traits d'intronisation, exactement comme elle le faisait à l'intérieur des bols à cachiri rituels.

Le pinceau-plume n'est pas utilisé comme un pinceau. Il est apposé, la pointe en avant, on pousse la suite de la plume dans le sens où on veut, pour donner la forme désirée au dessin.

« Tu devras garder secret ce nom, même à ta femme, à tes futurs enfants… Enfin, si un jour tu te décides à prendre femme ! »

J'avais rougi au regard malicieux et à l'intonation de la vieille dame. Parce que j'étais déjà amoureux d'Amoïdena. J'avais déjà partagé son hamac… la vieille femme se moquait de moi, elle était malicieuse. C'était un secret de polichinelle, tout le clan était au courant.

J'avais, jusqu'à ce jour, respecté cette consigne de ne pas dévoiler ce nom particulier que l'homme et la parente qui me l'ont donné sont seuls à connaître. Si je la romps aujourd'hui, c'est que là où va ce manuscrit, nul maléfice ne peut m'atteindre.

Et puis… qui peut encore me faire du mal ?

Personne ! Ni dieu, ni diable !

J'ai décidé d'envoyer cette tranche de ma vie à toi. Toi avec qui j'ai eu un enfant que je ne verrai jamais. Pourquoi alors raviver une vieille blessure ? Suis-je tout simplement fat ?

Je me suis posé la question. J'ai essayé de me comprendre, de savoir pourquoi je prenais ce risque-là. Peut-être parce que cet enfant aura besoin d'un repère, on a tous besoin d'un père pour aimer… ou pour haïr ! Peut-être ne voudras-tu plus entendre parler de moi ? Je comprends. Peut-être détruiras-tu ces feuillets sans les lire.

Peut-être…

Je sais que pour toi, la question ne se pose pas… La haine pour cet homme qui t'a laissée tomber, enceinte. Te le reprochant même… Quel abruti j'ai été ! Il y a… combien de temps y a-t-il ? Je ne sais plus, et cela n'a pas d'importance.

Sache en tous les cas que je souhaite de tout mon cœur ton bonheur. J'espère que tu as été heureuse avec un autre homme. Et qu'aujourd'hui, tu as suffisamment d'amour dans le cœur pour lire et donner ce récit à notre enfant.

Lui faire savoir qui était son père.

Puéril, je l'ai déjà dit.

Je ne suis qu'un homme…

CHAPITRE 6

Le bordel était à son apogée au *Perroquet vert*, ce soir-là. Le bar le plus fréquenté de Saint-Laurent, la ville sur ce Maroni qui s'enfonçait dans la forêt primaire, partageant en deux pays, d'une cicatrice marron, cette partie de la Guyane.

La France et le Surinam, ancienne Guyane hollandaise.

La bande au Bébel était au complet, et ça picolait ferme.

« Du whisky pour tout le monde ! Et du bon ! »

C'était une grande occasion, sinon c'est la bouteille de rhum qui aurait été de la fête. Les broussards n'aiment pas la boisson locale, une sorte de snobisme… une forme de rejet, de racisme primaire, inconscient.

Édith Piaf chantait…

« *Il était beau, il sentait bon, mon légionnaire…* »

Une chanson fétiche, dans ce rade pourri. Je me demande bien pourquoi je continuais à y aller. Peut-être parce que c'était le seul bistrot ouvert tard la nuit et où il se passait quelque chose.

L'ambiance était ultra-chaude, et humide ! Normal pour cette heure de la journée où le soleil avait frappé fort… et il y avait aussi les jolies Indiennes, les Cubaines, Brésiliennes, Javanaises qui traînaient au bar ou aux tables en petites jupettes ne laissant rien dans l'ombre. Ça gueulait ferme dans tous les coins, on sentait que ça pouvait cogner à n'importe quel moment. Je les avais vus arriver bras dessus, bras dessous pour l'apéro, se poussant, se boxant les bras pour se prouver leur inutile virilité.

Je les méprise, des primates !

Ils fêtaient un coup tordu, qui leur avait rapporté un bien joli paquet. Tout le monde était au courant. Même les gendarmes, pourtant les principaux dindons de cette farce.

Ouais ! Un sacré sac de pognon !

En effet, les fêtards avaient fait un casse chez les gendarmes de Mana. Ni vu, ni connu, j't'embrouille ! Ils avaient ainsi récupéré du matos pour les *Jungle Commandos* de Brunswijk. Le seul vrai révolutionnaire encore dans le coin qui profitait pleinement du fleuve, frontière naturelle, pour sauter du côté français, quand les militaires surinamais lui collaient trop au cul. La bande avait attendu que les gendarmes partent en mission. Une mission délicate, ils étaient presque tous montés. Tout le village les avait vus préparer l'expédition qui allait durer plusieurs jours. En effet, les Bonis, une tribu Noir-marron, avaient foutu le Bronx dans une épicerie du village parce que le marchand chinois, suite à une embrouille, refusait de les servir.

Ça pouvait dégénérer.

Et en Guyane, il faut éviter les coups de colère qui peuvent vite tourner en coups de sang. Tout le monde est armé ici, et qui ne craint pas le sabre d'un paysan guyanais est un fou !

Et puis, pour ces employés modèles de la république, il arrivait quelquefois qu'ils fassent un petit détour en forêt, du côté du fleuve.

Oh, personne ne leur demandait de faire du zèle, non ! Mais dans ces missions en forêt… Admettons qu'ils repéraient un de ces Caboclos brésiliens qui cherchaient de l'or, ces misérables exilés clandestins sans protection, ni loi. Dans ces cas-là, il arrivait que les hommes en uniforme confisquent purement et simplement le métal précieux et les outils, qu'ils comptabilisaient soigneusement dans leurs rapports.

« Retourne chez toi ! »

Ils renvoyaient les sans-papiers chez eux en les menaçant des pires sévices s'ils les rencontraient de nouveau dans les parages.

Le rapport, dans ces cas-là, ne mentionnait pas l'or, qui passait directement dans les poches de leurs vestes bleues. Oh, la plupart des hommes de l'ordre sont honnêtes, mais il y a toujours des brebis galeuses… Faut dire que leurs salaires sont peu élevés. Même avec les primes d'outre-mer… Et puis, pour les femmes de fonctionnaires, c'est dur, la Guyane, elles ont bien besoin de consolation, et rien ne vaut les petits voyages à Paris pour y faire les soldes…

Donc, ce jour-là, les gendarmes étaient montés se faire un peu de flouze au noir sur le dos de ces pauvres hommes, les réduisant parfois à une misère noire… C'est la règle du jeu… ils la connaissent !

La première mission des gendarmes, c'est quand même de régler ce problème d'épicerie, de faire un peu les diplomates entre les communautés… Une mission délicate, et une des plus dangereuses !

Il ne restait donc qu'un mec de garde en bas, avec les femmes des fonctionnaires, deux blondinettes et une rousse de feu, la gonzesse de l'adjudant, que chacun reluquait à l'envi.

Robert, mon ami Galibi, dit d'elle :

« Elle a le feu au cul ! »

Je crois que ça lui plairait bien qu'elle l'ait vraiment !

Donc, la bande de pieds nickelés qui picole au bar, Bébel et Fifi, un chevelu dégingandé, n'eurent qu'à percer délicatement le bâti du mur de la gendarmerie, au niveau le plus bas.

« Raconte encore… »

Le lieutenant de Bébel, un grand mulâtre au visage et au crâne entièrement tatoués, exige, un peu servilement, qu'il recommence pour la dixième fois son récit. On pourrait penser qu'avec les dessins tracés un peu partout sur son corps, on l'ait appelé « le tatoué » ?

Eh ben non ! Bébel avait balancé péremptoirement :

« Le Chauve ! On t'appellera "le Chauve". »

Et ça lui était resté.

L'ancien disciple de Bob Dennard sourit et recommence inlassablement sa narration :

« C'était facile, le ciment était complètement pourri. »

Les pales du ventilateur brassent paresseusement l'air moite du bar centenaire. L'odeur classique de pourriture qui monte du fleuve proche me suffoquerait presque si je n'avais monseigneur le rhum, compagnon de voyage éternel, bienveillant.

Moi, je ne suis pas snob, je préfère cette boisson d'homme !

« Nous avons pu l'exploser comme de rien. »

C'est parce qu'il ressemble vaguement à Jean-Paul Belmondo que l'ancien mercenaire qui commande la bande est surnommé Bébel. La différence, c'est qu'il est plus rond que l'illustre comédien. Et puis il y a ce strabisme convergent qui vient du fait qu'il porte, coquet, un œil en verre en remplacement de celui qu'il a laissé en Afrique, dans une guerre perdue.

« Nous sommes entrés dans une cellule de la prison. Putain, heureusement qu'elle était vide… et ouverte ! »

Rires… Il continue :

« Nous n'avions plus qu'à passer dans la pièce où ils gardent les armes, et là… »

Il reste ainsi, un doigt en l'air, pour s'assurer que son auditoire est bien attentif à son histoire rocambolesque.

«… il nous a suffi de faire sauter le cadenas qui protégeait les PM et de sortir, tranquilles, jusqu'au fleuve, où le Chauve nous attendait avec la tapouille* de Zè. Le gendarme de garde n'a pas ouvert l'œil, bien que je ne n'aie pas pu empêcher un peu de bruit, à cause du trou. »

Le Chauve balance…

« Peut-être qu'il a entendu… Mais mort de trouille, il n'a pas voulu bouger… »

Nouveaux rires. C'est marrant d'imaginer un gendarme assistant, avec la diarrhée, au vol de ces voyous. Enfin… c'est marrant pour eux. Moi, j'écoute d'une oreille distraite.

La pluie commence à jouer des percussions hystériques sur le toit.

Au fond, à gauche du bar, le perroquet miteux de José, le patron, lance son cri de guerre strident :

« Ta gueule ! Ta gueule ! Ta gueule, José ! »

Le lieutenant de Bébel donne un coup sur le support en ferraille. L'oiseau perd l'équilibre, manque de tomber.

« Criiiic ! Ta gueule, José ! »

José tourne vivement la tête. Il a les glandes, il adore son volatile.

« La putain de toi, le Chauve ! »

Il lance vivement sa main sous le comptoir, son bras ressort prolongé par une batte de base-ball. Il frappe un grand coup sur le vieux zinc, faisant sursauter tous les verres et les bouteilles. Il crie :

« Fous la paix à mon perroquet ! »

Le Chauve boude. Il n'aime ni qu'on lui hurle après, ni qu'on le remette en question devant tout le monde.

« Fait chier, Zé. Avec ton volatile de malheur qui chie partout, ça pue. En plus, il n'arrête pas de hurler, ça perturbe ! »

Celui-ci, hargneux, reprend son imitation minimale d'homme.

« Criiiic ! Ta gueule, José ! Ta gueule ! Ta gueule ! »

La batte de base-ball fait un demi-tour dangereux pour ensuite rester droit vers la porte, où on voit le ciel qui déverse sa haine liquide.

« Oh ! le Chauve, tu connais la sortie, hein ? Alors tu fais le beau et tu te casses ! Ou t'écrases ! »

Tout le bar retient son souffle, la parole est maintenant, non pas au Chauve, mais bien à Bébel. Celui-ci se met entre les deux hommes, il n'a pas envie qu'il y ait des histoires avec les mecs de sa bande aujourd'hui.

« Attends… Il s'écrase, ouais ! Allez, excuse-toi, il nous emmerde pas, en fait, cet oiseau, hein ! Et même, moi je le trouve sympathique. C'est la pluie, quoi, ça énerve. Allez, merde, quoi ! »

* Barque brésilienne.

Il pousse le mec qui grimace, emmerdé, vers la matraque toujours levée.

« Alors ? »

Il cède finalement.

« Bon, ça va… Je m'excuse. Voilà, t'es content ? »

La matraque reste encore comme ça un moment, puis s'abaisse lentement. José grommelle quelque chose comme :

« Bon, bon… Mais hein ! »

Donc il ne va rien se passer.

Dommage… ! Ça aurait fait une animation, je ne serais pas contre… voir la batte de Zé écraser le crâne de piaf de l'autre abruti.

Je soupire.

Les conversations reprennent. C'est pas que le Chauve ait peur du commerçant, ni Bébel, non ! C'est qu'il n'y a qu'un bar comme celui-ci à Saint-Laurent. Véritable table tournante de tous les trafics de ce côté des deux Guyanes. Les gens qui, un jour ou l'autre, doivent tâter de trucs pas franchement légaux ne peuvent pas l'éviter. Donc, il est important de ne pas se fâcher avec le patron. Et Bébel, malgré son pouvoir, est comme tout le monde, il aime boire son whisky dans ce lieu, entouré de son auditoire admiratif.

« Diplomatie, diplomatie. Tout est affaire de diplomatie. Tiens, moi… »

La vantardise de cet homme de pouvoir et d'action le pousse à continuer son récit mais je ne l'écoute plus, il peut raconter les pires âneries si ça l'amuse, moi, je ne peux pas faire deux choses à la fois. Maria vient d'entrer dans l'établissement, et le monde a changé de soleil pour moi. Il est devenu beaucoup plus voluptueux.

Maria c'est… celle qui me fait bander.

Oh, je n'ai pas vraiment manqué de femmes dans ma vie chaotique, des grandes, des petites, des qui avaient des sentiments religieux ou qui n'en avaient pas, des rousses et des blondes, des Noires, des Blanches… Mais Maria, c'est vraiment pas pareil. Souvent je pense que c'est parce que je suis perdu, ici, au fin fond du monde, que cette jeune femme m'apparaît comme une déesse.

C'est possible.

Blonde, mais fausse, hein ! Je ris tout seul. Ses racines sont noir corbeau. Moi qui ai en horreur ce genre de vulgarité, je trouve que cette bizarrerie féminine chez elle se charge de mystère, d'humour, de charme.

« Bonsoir tout le monde ! »

Elle ne passe pas inaperçue, oh non ! Tous les mâles présents la matent.

« Viens ici, petite, viens dire bonjour à ton Bébel. »

Oui, parce qu'elle est la nana de ce gros con.

Je le hais subitement. Je serre les poings sous la table, personne ne doit s'en douter, j'ai pas envie de déclencher une guerre atomique. Elle me jette un regard négligent en avançant vers le chef de la bande. Elle ondule doucement des hanches et chantonne une chanson de son pays.

Maria est cubaine. Une jolie Cubaine blanche, avec un bon tiers de noir.

« Le meilleur mélange qui soit, le plus voluptueux ! »

C'est Bonaparte, le Créole de Guadeloupe, qui me l'a affirmé, un spécialiste.

Il ne pense qu'aux femmes, et à la façon de les faire succomber à son charme de bel insulaire. Complètement obsédé, il court après tout ce qui porte jupons. Et quelquefois, ce travers lui joue de mauvais tours. Je me souviens d'un soir où il était venu me voir, le cul troué par de la chevrotine… Un mari qui n'avait pas d'humour. Et pendant que je lui extrayais les plombs des fesses, on avait parlé de la jeune femme.

« Non, tu vois, Maria, c'est le *nec plus ultra*. Le bon mélange, Dieu s'est surpassé, ce con ! »

Et je ne suis pas loin de penser comme lui. Je ne sais pas si Dieu est intervenu vraiment dans cette salade de fruits mais le résultat est probant. Elle a la grâce de ces biches qu'on trouve encore quelquefois en forêt primaire. Elle se love dans les bras musculeux de son Adonis de cambrousse en me balançant, coquine, un regard par en dessous. Elle sait que j'en pince pour elle. Je détourne la tête, écœuré par la mine gourmande du type quand il se penche vers sa bouche trop maquillée.

« Bonne santé, Russ ! »

Je sursaute.

« Santé, l'artiste ! »

C'est l'empailleur, qui tend son verre pour que je le cogne virilement au mien. Je grimace un sourire. Il a une drôle d'allure, l'ancien, avec son long cou et sa tête déplumée. Il me rend mon sourire. Un lettré de passage, un prof de philo, un imbécile lui a balancé dans la gueule qu'il lui faisait penser à une dépouille obscène. Faut dire… C'est vrai qu'il sent toujours un peu la mort. Pourtant, il se parfume d'abondance, mais persiste l'odeur sucrée, elle est là… qui irrite les dents, chatouille le nez.

Tout le monde le fuit, sauf moi. Je m'en fous de cette odeur, et puis… je la connais bien. Bien sûr ! Mais cette puanteur ne s'oublie pas. Elle colle à la peau et à l'âme. Enfin… quand on en a. Moi, je ne suis pas vraiment sûr d'en avoir hérité d'une… Il faut dire que dans ces contrées, le spirituel fait cruellement défaut. Pourtant, si je voulais, y'a de quoi ! Entre les Haïtiens et leur putain de vaudou, les Brésiliens leur candomblé, les Marrons, Ndjukas, Bonis, Paramakas et Saramakas et leurs déités africaines, les Indiens de forêt et du littoral qui ont aussi des tas de dieux, les coolies descendant du Surinam, soit hindouistes soit musulmans, les protestants, les cathos, et maintenant toute une clique d'adventistes, mormons, j'en passe et des meilleures…

Oui, si je voulais, je pourrais facilement trouver un dieu.

« Alors, la journée ? »

Un sourire.

« Bien, très bien… »

Il se frotte les pognes d'un air satisfait, un tic.

« Un musée d'Espagne. Barcelone. Veulent un « chien bois ». Savent même pas comment c'est fait. Paraît que c'est une espèce très rare. Alors moi, j'ai passé commande aux Brésiliens samedi et ce matin, m'ont porté deux bêtes. »

Il travaille avec des chasseurs clandestins qui sont passés en Guyane française par le fleuve Oyapok, dans le nord. Comme ça, ils travaillent beaucoup et sont moins chers. Pas de sécurité sociale pour eux.

« Une des bestioles n'était pas exploitable, percée de balles, une vraie passoire… mais l'autre allait bien. J'ai passé la matinée dessus. »

Il s'envoie le verre d'un coup et se frotte le ventre d'un air gourmand.

« J'ai fini la partie arrière. »

Je suis déjà passé à son atelier pour le regarder bosser, par curiosité. Il travaille dans la chambre froide d'un ancien boucher, qu'il a reconvertie en chantier… Un capharnaüm terrible. Mais il a rajouté l'air conditionné… Obligé, parce qu'avec la chaleur, il ne pourrait pas faire ce boulot de fou. Une jungle immobile qui vous regarde avec des yeux de verre.

Des caïmans, un jaguar, des pacs, des tatous, des serpents de toutes espèces…

Brrr ! Plus que l'odeur, c'est ce monde mort qui m'impressionne. Toutes ces vies envolées dont il ne reste là que la peau des choses. L'homme de l'art est, comme souvent chez les êtres complexes, sensible à l'excès, peu expansif, presque timide. C'est pas facile avec son métier. D'autant plus qu'il doit tout le temps faire face à des tas de superstitions liées à la mort. Les habitants de ce pays qui viennent d'ailleurs, à part les Indiens bien sûr, ont tous dans leurs religions un truc avec les animaux, alors…

« Remarque, les Brésiliens qui travaillent pour moi, ils s'en foutent pas mal de tuer des animaux pour que je puisse faire des sculptures en peau de leurs images. Ils crèvent de faim… Alors, leurs dieux… ! »

C'est un petit homme sec, presque entièrement chauve, il ne lui reste qu'une couronne de cheveux derrière la tête qu'il laisse pousser long, prouvant ainsi qu'il n'est pas un fonctionnaire, qu'il est libre. Il m'avait expliqué un jour :

« Du moment que tu le payes, l'homme à moins de problèmes avec sa conscience, j'ai remarqué. »

Mon verre est vide, le sien aussi, je lui propose de le remplir :

« Tu en veux un autre ? »

Il secoue la tête.

« Non. »

Je me lève.

« Bon, alors je rentre me coucher. »

Il met son bras sur le mien pour me faire patienter, puis me rejoint.

« Attends ! Je t'accompagne. »

Quand j'ai décidé de tout quitter, il y a de cela des années, j'avais pris un billet pour Cayenne. Pourquoi Cayenne ? Je crois que c'était le premier vol à passer l'Atlantique. Pourquoi partir comme ça ? Qu'est-ce que je fuyais ? Ou qui ?

Je ne me souviens plus exactement les détails, ma mémoire trie ce qui est important, le reste… à la trappe !

Je sais qu'il y avait, dans cette vie-là, une blonde éplorée qui ne comprenait rien à ce qui se passait.

J'avais tout laissé, le boulot d'informaticien – c'était le tout début, j'ai été un pionnier dans le domaine –, l'appartement dans le XIVe, le fric… Je m'étais tiré au bout du monde pour fuir cette vie !

J'avais juste pris de quoi tenir quelques mois. J'avais aussi planté la bagnole et pourtant, autant que je me souvienne de mes anciennes passions, je l'aimais, cette caisse, une Triumph décapotable… Et puis la fameuse blonde en pleurs qui était tombée enceinte. Larguée sans peine ni remords.

« Salut chez toi, et bonne route ! »

En arrivant à Cayenne, j'avais directement pris un taxi pour aller du côté du Surinam. J'avais abouti ici, à Saint-Laurent, et j'y étais resté. La petite ville m'a immédiatement plu, il y avait un côté décadent, de bout du monde… J'ai cherché une baraque sur le fleuve et j'ai immédiatement trouvé, un coup de bol, un peu vers l'amont. Une maison en bois, construite sur pilotis par les Noirs-marrons, artisans habiles. Je me lève tous les matins avec le soleil, sur ce cours d'eau tumultueux, ça calme mon âme inquiète. Oh, bien sûr, j'ai cherché du boulot. Pas dans l'informatique, personne ne savait ce que c'était.

Alors j'ai fait le prof.

À l'époque, on en manquait et on n'était pas trop exigeant… question diplômes. La plupart des enseignants n'avaient pas le CAPES, et encore moins l'agrégation. Cela tombait bien, je n'avais ni l'un ni l'autre.

J'ai commencé sur le fleuve, en plein village boni. Entièrement libre ! J'avais éprouvé un vrai plaisir à enseigner le monde à ma façon aux enfants Noirs-marrons. Mais c'était le poste d'une enseignante qui venait d'accoucher et il a fallu un jour que je lui rende sa place. Le remplacement avait duré une année, et je pouvais presque me dire que j'avais la fibre pédagogique.

J'allais déchanter !

Mon deuxième et dernier poste fut au petit village de Mana, là où la mère Javouhey, célèbre pour son charisme, avait exercé. Il en restait une statue la représentant, un établissement tenu par des sœurs et un fort sentiment de fierté. Un petit village au bord du grand fleuve où il y avait tout, cimetière, gendarmerie, mairie, médecin, commerces chinois, un minuscule marché et, bien entendu, une grande église.

J'avais rencontré là-bas un prof d'art plastique qui était devenu un ami. Dubois. Jeune pédagogue plein d'espoir, d'envie d'enseigner, aujourd'hui il est désenchanté, il n'a trouvé qu'incompréhension, laxisme, racisme ordinaire.

Moi aussi !

Immédiatement, je me suis trouvé en butte aux autres profs. Dès le premier conseil de classe, où j'entendis des choses incroyables :

« Il faut apprendre aux enfants à avoir une bonne hygiène dentaire, et surtout alimentaire… »

Un enseignant n'avait rien trouvé de mieux que de dresser une liste avec des commentaires absurdes, du genre :

« Le matin, quand vous vous levez, vous commencez par presser l'orange avec le presse-agrume… »

Le presse-agrume !

« Ensuite, vous mettez vos toasts dans le grille-pain… »

Les toasts ! Le grille-pain ! À mourir de rire ! Ou de pleurer, plutôt !

« Après ça, vous mettez le pot de lait dans le micro-ondes ! »

Le pot de lait ! Le micro-ondes ! Au secours !

J'avais gueulé un bon coup :

« Putain, vous êtes fous ! Apprendre à un gamin qui n'a jamais vu de vache, n'a jamais bu de lait et qui, chez lui, n'a pas l'électricité, à mettre le pot de lait dans le micro-ondes ! Et le presse-agrume, le grille-pain, alors qu'ils mangent du poisson, du couac et des mangues qu'ils cueillent directement dans l'arbre ! Putain, vous êtes barjos ! »

Ils m'avaient regardé comme si j'étais un Martien.

« Mais il faut bien suivre le programme ! » répétaient-ils inlassablement.

Suivre le programme… suivre le programme !

À part Dubois, qui m'avait regardé avec un petit sourire entendu… du genre :

« Ça ne sert à rien, mon ami ! »

Je donnais des cours de français. Une des profs, la seule agrégée, était particulièrement odieuse. Elle avait une vision détestable du monde qui l'entourait. Elle enseignait les maths.

Au deuxième conseil de classe, elle nous expliqua très sérieusement que les Bonis ne comprenaient rien à la géométrie.

« La géométrie ? Les Noirs-marrons ne comprennent rien à la géométrie ? »

Traditionnellement, ils fabriquent des objets, pirogues, plats à batée, pagaie, décorés de rubans peints et sculptés, qui passent les uns sur les autres en parfaite symétrie. Il était évident qu'ils connaissaient mieux la géométrie que nous tous réunis, pour la bonne raison qu'ils baignaient dedans toute la journée. Bien sûr, ils ne le faisaient pas avec nos règles, mais le résultat était bien là !

Je lui en fis la remarque.

Elle tint bon dans son raisonnement de merde, en ajoutant :

« C'est stupide ! Comment se peut-il qu'ils en aient la moindre notion ? De toute façon, ils ne sont pas encore descendus de leur arbre, comment voulez-vous qu'ils comprennent quoi que ce soit à des notions où il faut un brin d'intelligence ? »

Alors j'avais jeté mon cartable à la tête de cette abrutie.

Malheureusement, celui-ci m'avait été offert par les enfants du fleuve, il était en peau de caïman avec, comme fermeture, des dents de puma…

Bilan : six mois d'arrêt maladie ! Une dent de l'animal avait traversé la joue tendre de cette conasse. Pour moi, j'ai eu droit à une plainte que l'Éducation nationale a réussi à atténuer… La grande famille n'aime pas les scandales… Et puis je risquais de l'ouvrir, d'expliquer pourquoi j'avais eu un ruptus.

L'enseignement, c'était râpé pour moi. À moins de m'expatrier en Afrique noire ou dans le fin fond de la Chine… Mais ici, comme prof, j'étais fini, lessivé !

La pluie est partie comme elle est venue, en laissant de grosses flaques d'eau que les enfants s'amusent à faire jaillir avec leurs pieds nus.

« Alors ? Toujours rien trouvé ? Question boulot ? »

L'empailleur habite tout à côté de chez moi. Je me suis confié et lui ai dit qu'il fallait que je me bouge, parce que ma bourse était vide. Après cette aventure malheureuse à Mana, j'ai glandouillé par-ci, par-là. J'avais fait quelques économies, mais j'avoue que là, je touchais le taquet.

Encore quelques mois et…

« Non, rien. Il va falloir que je me débrouille. »

Je ne sais rien faire, ça va être vite vu. Je ne dis mot, ça ne regarde que moi. Pour aller chez lui, l'empailleur doit tourner à gauche, après le bar-restaurant *Chez Marius et Jeannette*.

« Bon, hé bé, bonne nuit. »

Il m'arrête en m'agrippant le bras et me regarde de ses yeux liquides.

« Écoute… ne le prends pas mal. Mais tu sais qu'ici, tu es mon seul ami… De l'argent, j'en ai. J'en ai suffisamment pour t'en passer, pas énormément, mais quand même, de quoi voir venir. OK, boy ? »

Je souris gentiment, lui tapote l'épaule.

Sympa, l'empailleur.

« Merci, mais je suis grand. Je peux m'en sortir tout seul. »

Nous nous serrons la main. La sienne est douce.

Non, j'ai besoin de personne. Le gros Hassam, Libanais lippu, m'a proposé de tenir un bar pour touristes qu'il a ouvert plus haut sur le fleuve. Il va certainement me payer avec un élastique… mais je peux me faire quatre ronds en vendant du shit et en rendant quelques menus services au rares amoureux de cette région.

Car ce n'est guère organisé pour les balades touristiques. Ceux qui s'y risquent supportent les voyages aléatoires, à bord de pirogues au moteur défaillant, le passage des rapides, la piqûre des raies, les insectes cruels que nulle moustiquaire n'arrête, les tiques qui pondent dans vos pieds, les papillons de nuit responsables de la « papillonite », les serpents et tous les aléas de la forêt.

Chaque déplacement est une aventure excitante et impressionnante pour qui n'est pas né ici. La forêt est une entité unique, exaltante, qui vous prend aux tripes, il est difficile d'y rester indifférent.

« Bonsoir, patron. »

Casimir est en train de réparer le moteur de pirogue que j'ai acheté il y a trois mois à un Créole de Mana. Il l'a posé sur un énorme bidon de 200 litres rempli d'eau et il contrôle l'accélération.

« Alors, ce bourrin ? »

Il ferme les gaz en grimaçant.

« Pas bon. Encore beaucoup de réglages. Mais ça sera parfait bientôt. »

Un grand sourire, dents blanches, ponctue le discours.

Le Saramaka m'avait convaincu que ce serait un bon achat pour la contrebande d'essence. Le Surinam, à dix minutes de Saint-Laurent en face, vend le carburant quatre fois moins cher. Le calcul est simple, efficace.

« Patron ! Il faut être fou pour acheter en France ! Je connais des Français qui nous la paient cash, avec un bénef important… »

Eh ouais… bien vu ! Au début, j'allais avec lui, mais une nuit, nous nous sommes fait choper par les gendarmes. Il a fallu que je paye 1 500 francs d'amende. Ça n'a pas arrangé mes affaires.

« Vous, les Noirs-marrons, vous ne vous faites jamais attraper. Pourquoi ? »

Casimir m'a expliqué que c'était parce que j'étais blanc.

« Patron, tes gendarmes, là, ils savent que j'ai pas d'argent. Alors, ils confisquent l'essence et nous donnent l'ordre de partir. Par contre, s'ils attrapent des Blancs comme toi, ils savent qu'ils ont l'argent. Alors… »

Il rit du bout des lèvres pour ne pas que je pense qu'il se moque de moi.

« Alors ils font payer. Ce serait mieux que, pour aller au Surinam, j'y aille avec mon frère. Et puis… pour le commerce, c'est plus sûr… pour la négociation, pareil. »

Hé ouais ! Il est plus à l'aise pour tirer les prix. Il fait les voyages tout seul, maintenant. Quand je travaillais sur le fleuve ou à Mana, c'est lui et sa femme, Noémie, qui gardaient ma maison. Ils ont aménagé un appartement dessous, avec un petit jardin qui descend jusqu'à la berge. Je vois notre pirogue qu'il a tirée pour la calfater. C'est lui qui l'a construite et décorée. Je l'ai aidé, ça a duré presque un an. Le temps de trouver l'arbre, de le couper, le faire sécher, l'ouvrir au feu, ouais !

Un an.

« Elle est entièrement finie ?

– Ça y est, patron, j'ai peint le nez. »

Il m'appelle patron, mais en fait, nous sommes amis. Et associés. Nous avons fait quelques voyages sur le fleuve, et même jusqu'au Surinam. Nous approvisionnons les vrais épiciers en essence, tabac, rhum, outils, cartouches. Oh, bien sûr, ce n'est pas cela qui m'a vraiment enrichi, mais nous n'avons pas perdu d'argent et en plus, c'était marrant, plein d'aventures.

« On devrait remonter le fleuve, Casimir. »

Il me regarde avec attention.

« Tu as besoin d'argent, patron ? »

Tout le monde se rend compte que je suis fauché. Merde !

« Non, je te dis ça parce que j'ai la nostalgie de notre voyage, l'autre printemps. Je me disais que j'aimerais bien en faire un autre, là-haut. »

Il me tape sur l'épaule.

« Ça peut se faire…

– Comment ? »

Il prend une clef et commence à démonter le carburateur.

« La semaine dernière, je suis allé voir la famille à Cayenne. Là j'ai rencontré Monsieur Patrick, tu sais, le mari de la docteur. »

C'est le jeune prof de Mana.

« Ouais, bien sûr… »

Casimir continue :

« Il m'a demandé si je ne voulais pas emmener des touristes sur le fleuve, vers les premiers sauts. Il me paierait un bon prix. Viens avec moi… y'a des francs à se faire en se baladant. »

Faire le guignol… Pourquoi pas ?

« Bon, on verra bien, mais… »

Nous sommes interrompus par des phares de voiture qui balaient un instant la figure noire de mon ami. C'est un 4x4 rouge. Au volant, une femme qui ressemble à… Bon Dieu ! Ouais, Maria !

Elle arrête le puissant moteur, descend tranquille, elle sait que je l'ai vue. Elle me fixe. Qu'est-ce qu'elle me veut, cette donzelle ? Oh, elle ne m'a jamais au grand jamais vraiment adressé la parole. Bonjour, bonsoir et c'est marre ! Mais je la soupçonne de savoir l'effet qu'elle me fait. Normal, c'est le même qu'elle produit sur tout ce qui porte braguette à l'entour.

Il fait presque entièrement nuit maintenant, mais on sent encore la fraîcheur de la pluie qui s'est abattue tout à l'heure. Une nuit noire, étoilée. Quand elle a ouvert la portière, la lumière a isolé son visage et j'ai vu brièvement l'intérêt qu'elle me portait.

Maintenant, elle s'approche.

« Bonsoir, Russ. »

Une voix basse, rauque, qui ensorcelle.

« Bonsoir. »

Elle me tend la main, je fais attention de ne pas trop serrer, j'ai tendance à ne pas me rendre compte que je broie les pognes délicates. Elle est à contre-jour, son visage est dans l'ombre. Elle garde ma main un peu trop longtemps dans la sienne. Casimir, gêné, bouge, comme pour partir.

Elle fait un mouvement de tête pour le saluer.

« Monsieur Casimir. »

Il grimace un sourire.

« Madame Maria, bonsoir ! Oui, bien le bonsoir ! »

Ils se connaissent donc.

Ce n'est pas vraiment étonnant, mon associé connaît beaucoup de monde des deux côtés de la berge, et quand on pense qu'il n'y a que cent mille habitants dans toute la Guyane… Donc, sur une ville comme Saint-Laurent, il est normal qu'au bout d'un moment, tout le monde se retapisse.

Elle attend.

Nous restons là sans bouger, à écouter un singe hurleur, là-bas, dans la forêt, chanter sa mélopée triste.

« J'ai besoin de te parler. »

Tiens, on se tutoie ! Le Noir-marron se décide à partir. Sous ses dehors bourrus, mon ami est fin, il comprend tout.

« Allez patron, j'ai du travail. Bonsoir, bonsoir. »

Il calte, nous laissant seuls tous les deux. Je ne sais pas pourquoi mais je me sens bizarre. Je balance, un peu hors de propos :

« Ça fait longtemps que j'ai envie de vous parler.

– Ah bon ? »

Elle a l'air étonnée. Comme si on ne s'était jamais matés en coin ! Mais bon, les règles du jeu sont qu'on ne doit s'apercevoir de rien. Puis elle me demande :

« Pourquoi ? »

Et me voilà en train de m'expliquer !

« Je ne sais pas… sans doute parce que vous me plaisez. »

Bling ! Je l'ai dit. J'attaque à mon tour, y'a pas de raison !

« Mais que me voulez-vous ? Pourquoi êtes-vous venue jusqu'ici ? »

Elle se tourne vers le fleuve, qu'elle observe un instant avant de me répondre :

« Vous êtes bien ici… tranquille, non ? »

Qu'est-ce que c'est que ce mastic ?

J'ai un mouvement d'humeur, j'ai horreur qu'on ne me réponde pas. Elle enchaîne immédiatement, elle a perçu mon agacement naissant :

« Écoutez… vous êtes connu à Saint-Laurent… et… »

Elle cherche dans son sac une cigarette, finit par la trouver, après c'est le cinoche pour le feu. Je lui tends impatiemment mon briquet allumé sous le pif.

Putain, on ne me la fait pas, non !

« Hum… voilà. C'est quelqu'un qui m'a demandé de venir vous voir. On dit que vous cherchez du travail… Et, justement, c'est vous qu'on a choisi… pour vous proposer quelque chose. »

Décidément, Saint-Laurent en entier s'occupe de mes loisirs. J'y vais mollo, je me méfie de cette belle nana. Et je sais que le coin regorge de coups tordus en tous genres. Mais ça ne coûte rien d'écouter.

« Oui, qu'est-ce que c'est ? »

Elle a un geste pouvant signifier tout et son contraire.

« À vrai dire, je n'en sais rien. Il s'agit d'aller chercher un homme qui a disparu dans l'île d'Alouha, en face de l'estuaire. »

Elle laisse un peu de mou puis ajoute :

« Il y a de l'argent à gagner. »

Elle frotte son pouce contre son index et je ne sais pourquoi, ce geste qui doit être innocent prend avec elle des connotations canailles. Je sens monter en moi une bouffée d'érotisme torride sous la forme d'un début de bandaison qui, si on ne la stoppe pas de suite…

Elle se rend compte de l'effet qu'elle produit mais poursuit, mine de rien :

« Je dois vous amener si vous êtes intéressé. Alors ? »

Je laisse passer quelques secondes, je ne suis pas tant pris à la gorge.

« Combien ? »

Elle a un geste flou.

« Je ne sais pas, moi. On m'a dit 100 000 francs. »

100 000 balles pour aller chercher un gus sur une île…

Je réfléchis un brin.

Bon, d'accord, ce n'est pas un bout de terre ordinaire. Il fait un peu frontière entre la France et le Surinam. Enfin, disons que les deux pays se le disputent… sans se le disputer. Avec mollesse. C'est un tas de sable alluvionnaire au milieu du fleuve, les Noirs-marrons ne veulent pas en entendre parler, il paraît que le lieu porte malheur. J'ai voulu y aller, une fois, pour visiter, mais je n'ai pas réussi à y accoster. Trop de courant et pas d'endroit pour tirer la barque. La légende veut que les anciens dieux vivent encore là-bas mais moi, je n'ai pas vu la trace d'une âme… même d'une âme déifiée.

Pourquoi un Blanc serait-il allé là-bas ? Enfin, s'il s'agit bien d'un Blanc. Qu'est-ce que ça cache ? Prenant mon silence pour de l'hésitation, elle rajoute :

« Plus les frais ! »

Je lui balance, ironique :

« Si c'est plus les frais, alors là… »

Pourtant, ça m'arrangerait bien, en ce moment, 100 000 francs. Mais je ne vais pas montrer trop vite mon intérêt. Je peux peut-être tirer plus de pognon de ce taf.

« Pourquoi vous a-t-on demandé à vous de venir me chercher ? »

Elle hausse les épaules.

« Je ne sais pas, l'homme n'est pas d'ici. Il vient des États-Unis, c'est un Américain ! »

Un sourire satisfait naît sur ses lèvres.

« Et je suis la seule qu'il fréquente ici. Il m'a demandé quelqu'un sur qui compter. Je ne vous connais pas personnellement mais j'ai entendu parler de vous par… Bébel, vous savez… »

Je l'interromps.

« Je sais. »

J'ai mis dans mon ton de l'amertume. Je ne sais pas si elle s'en aperçoit mais elle est coupante :

« Alors, vous faites quoi ? »

Y'a pas photo, il faut y aller !

« Je viens, je viens. »

Je la suis.

Elle monte dans la voiture, qu'elle a un peu de mal à escalader avec ses hauts talons. Pourtant, c'est pas mon genre de tomber en pâmoison devant ce genre de nana ! J'me comprends pas. La sexualité, c'est mystérieux !

On a dû lui demander de me joindre tout de suite après mon départ parce que je n'ai pas traîné dans la ville avec l'empailleur, et la discussion avec Casimir n'a pas non plus duré des plombes. Donc, c'est en venant dans le bar qu'elle a tout de suite branché la connexion… En me voyant. C'est intéressant. Je cherche dans mes souvenirs si dans le bar, il n'y aurait pas un gus que je ne connaissais pas… Je me remémore mais ne vois pas l'inconnu.

Elle prend la route qui mène dans le centre-ville et discute.

« Ça ne fait pas longtemps que vous êtes ici ? »

Tiens, elle a remarqué.

« Non. Ou plutôt si, je suis installé à Saint-Laurent depuis plusieurs années, mais je… j'ai voyagé sur le fleuve. Et depuis quelque temps, je ne bouge plus, alors on me voit plus, forcément. Et vous ? »

Je sais certains trucs sur elle, mais je suis curieux d'entendre ce qu'elle va me bonnir.

Elle prend une cigarette dans le paquet posé devant, je lui allume.

« Merci. »

Elle tire une longue bouffée.

« Moi, ça fait un an aujourd'hui que je suis ici. Je suis venue avec ma mère et mon petit frère. Avant, nous vivions au Surinam. Et encore avant, Cuba, bien sûr. »

Un pays que je ne connais pas, mais que j'aurais aimé, il y a quelques années, du temps de la rumba avec Fidel.

« Cuba, c'était quand ? »

Elle sourit, les souvenirs sont bons.

« J'étais toute petite fille. Dans les sept, huit ans. Je me souviens, j'avais une amie qui possédait une chèvre très intelligente. Elle comprenait tout. Je ne sais pas pourquoi Cuba m'y fait penser. L'île, sa douceur, sa musique me manquent. Et j'ai même connu le Che !

– Oh ? »

Elle sourit de mon enthousiasme.

«Je vous assure ! J'étais une amie de sa fille ! Un jour, un homme est arrivé en costume à l'école où nous étions élèves. Il s'est approché de la petite fille et lui a demandé si elle l'avait déjà vu. Elle a dit qu'elle ne le connaissait pas, mais qu'il ne fallait pas l'ennuyer parce que son papa était le comandante Guevara. Alors l'homme a éclaté de rire, il a enlevé ses lunettes de myope et des choses qu'il avait mis dans sa bouche pour déformer sa mâchoire. Il a pris sa fille dans ses bras en disant à son compagnon – elle mime le Che en train de serrer sa fille dans ses bras : “Tu vois, si ma fille ne me reconnaît pas… qui va me reconnaître ?” »

Elle me sourit. Nous avons quelqu'un en commun. Le comandante Ernesto Guevara !

« C'était juste avant qu'il ne parte pour se faire tuer en Bolivie ! »

C'est un homme qui m'avait marqué. Je n'avais pas été le seul. Dans cette France des années soixante, il avait représenté l'aventure, mais aussi la droiture, l'intransigeance de la révolution. Nous restons chacun dans nos pensées jusqu'à l'arrivée devant le Grand Hôtel de la Plage. C'est le seul établissement à avoir l'air conditionné. Autant dire qu'il n'est fréquenté que par des gens qui en ont les moyens. À l'époque de sa construction, j'avais mis quelques sous là-dedans, je dois avoir encore quelques actions dans le coffre de la banque. Un hôtel luxueux, piscine et moquette. L'affaire n'avait pas marché comme les promoteurs du projet le souhaitaient. Pas assez de touristes friqués ne passaient par là. Mais l'hôtel avait continué cahin-caha à fonctionner, grâce à son directeur, un Libanais très dynamique, monsieur Maurice.

« Je viens avec vous, pour vous présenter… Mais après… je vous laisse. »

Elle a peur de se mouiller dans un coup tordu ? Méfiance. Nous rentrons dans le hall, le réceptionniste me remet.

« Monsieur Russ, il y avait longtemps qu'on ne vous avait vu ! »

Le ton est affable.

« Comment allez-vous, Andy ? »

Nous nous serrons la main.

« Pas mal, par ce temps. »

Il est créole et travaille à l'hôtel toute l'année, sauf pendant les fêtes de carnaval. Là, il troque son costume d'hôtelier contre son sax. Il est musicien dans le plus grand groupe de Saint-Laurent. C'est surtout pendant les fêtes, en février, que travaillent les musiciens du coin. Mais ils répètent toute l'année. Car même pour aller se trémousser sur les injonctions du chanteur, les Guyanais sont très difficiles.

« Pas de deuxième choix, alors non, mon cher ! »

Il faut ce qu'il y a de mieux. Et pas question de rester sur sa faim, les musicos doivent assurer de 11 heures du matin jusqu'au premières vidées de l'aube. (Les vidées, ce sont les sorties de boîtes de nuit pendant le carnaval, les musiciens raccompagnent chez eux et en en musique les derniers danseurs.)

Maria lui dit :

« Monsieur Smith. Nous voudrions parler à Monsieur Smith. »

Monsieur Smith ? Je le crois pas, c'est quoi cette connerie ?

Je dois faire une drôle de tête parce que le Créole plisse les yeux, je sais qu'il se marre. Mais il répond très sérieusement à la belle fausse blonde :

« Je vais voir s'il est là. »

Il décroche l'appareil et jacte dedans.

Il nous regarde.

« Il descend. Monsieur Smith descend. Il demande que vous l'attendiez au bar et que vous commandiez ce que vous voulez. »

Il profite de ce qu'elle se tourne pour me balancer un clin d'œil complice. Ouais, il est comme moi, le joli Guyanais, il n'en croit pas ses oreilles. Mais qui y croirait ?

Smith, nom de Dieu !

Le barman me connaît également, il me salue avec un grand sourire.

« Bonsoir madame, bonsoir monsieur. »

Et à mon encontre :

« Très heureux de vous revoir ici. Ça fait… longtemps. »

Je lis dans ses yeux qu'il se souvient du soir où j'avais fêté avec des amis un super-joli coup. Il s'était fait cette fois-là plus d'un mois de salaire.

Il me demande, complice :

« Comme d'habitude ? Rhum punch, cold ?

– Oui… Maria, vous voulez… »

Un geste négligent, qui veut dire un peu ce qu'on veut.

« Comme vous. »

Nous le regardons préparer le punch. Il met dans son shaker le sucre, le citron, le rhum, la glace pilée. Puis il frappe à la cadence d'un vieux zouk.

Maria, dédaigneuse :

« Ben, c'est un p'ti rhum, quoi ?

– Plutôt une caïpirina brésilienne. Ouais, ça y ressemble, mais… Georges a la main pour faire le mélange exact, n'est-ce pas, Georges ? »

Grand sourire, dents blanches.

« Un don. Qui me vient de mon grand-père ! Un drôle de monsieur capable de boire d'un trait une bouteille pleine de *Belle Cayennaise* et de chasser toute la nuit. Un phénomène qui était connu jusqu'au Brésil, et dans la forêt, sur tout le fleuve jusqu'au Surinam. Oui, ça… un sacré chasseur ! »

Il nous sert dans des verres glacés.

« Tout petit, il m'a fait préparer son p'ti rhum qu'il ne voulait pas trop sucré, mais pas trop citronné non plus. Le mélange devait être parfait. »

Je goûte.

« Hum ! Il serait fier de toi, tu t'es surpassé ce soir. N'est-ce pas ? »

Je lorgne vers la nana qui montre largement ses cuisses dodues à mézigue, vu qu'il n'y a que moi ce soir dans le bar.

« Oui, c'est bon. »

Elle lape encore un bon coup, va falloir resservir d'ici pas longtemps. Puis son visage s'éclaire.

« Ah, te voilà ! »

Son ton est doucereux.

« Il est là. Je te l'ai amené… »

J'ai horreur qu'on parle de moi comme ça, comme si je n'étais pas là. Je regarde, choqué, la jeune femme, en oubliant le personnage étrange qui s'avance vers nous. Un air écœurant de soumission, de servilité se peint sur le visage de la blonde. Brusquement, la femme sur son piédestal se casse la margoulette, je ne suis plus amoureux.

Si je l'ai été un jour !

« Bonsoir ! »

Je me tourne vers l'objet de l'adoration.

C'est un homme qui correspond bien à un monsieur Smith. Un Américain, comme on les voit que dans les films sur la *french connection*, chez les Mormons ou dans la CIA.

Costume léger gris, chemise blanche, cravate noire, mocassins. Il est grand, mince, il se dégage de son corps une mise en espace agréable, l'aisance d'un sportif, le monde lui appartient.

« Oui, monsieur… Smith ? »

J'ai mis dans ma voix de l'ironie, mais il fait mine de ne pas s'en apercevoir. Il m'observe derrière ses lunettes de fort myope à monture noire.

« On m'a assuré que vous seriez l'homme de la situation. »

Je réponds du tac au tac.

« Cela dépend de la situation… »

On s'observe. Je sais qu'il voit tout : mon allure négligée, la barbe de trois jours, la chemise légère représentant une forêt luxuriante… Il voit tout et donc, il remarque que je m'en fous. Je rajoute pour qu'il n'y ait pas de quiproquo :

« Je ne sais pas de quelle situation il s'agit, mais on m'a parlé de 100 000 francs. »

Je ne tourne pas la tête vers la jeune femme, lui non plus. D'ailleurs, il la congédie sèchement.

« Ce sera tout, Maria. »

Sourire pour me faire comprendre comment tout cela marche, qui est le patron, quoi ! Et ensuite il tourne la tête vers elle :

« Nous nous verrons ce soir, vers… – il consulte sa montre – minuit, si vous le voulez bien. »

Petite voix, elle n'en mène pas large devant moi.

« Bien, à ce soir… »

Nous regardons tous les deux les hanches de la métisse danser la rumba. Je sais qu'il ne dira rien avant qu'elle n'ait disparu. Puis il attaque :

« Je représente un groupe d'industriels et un… dossier nous a été dérobé. L'homme qui a commis ce larcin est un de nos employés qui a subi une… comment dire… »

Incontestablement américain. Un accent à couper au couteau.

«… une dépression nerveuse. Nous aimerions récupérer notre paquet. »

Je fais l'imbécile.

« Faites appel aux gendarmes. Ils sont sensibles aux grosses enveloppes des généreux donateurs qui s'intéressent à leurs œuvres… »

Il m'interrompt. J'ai horreur de ça !

« Nous ne voulons pas mettre la police dans nos histoires internes. Le scandale ne plairait pas aux actionnaires… Et dans ce genre d'affaire, la discrétion est la base de la réussite. »

Pardi !

Il me regarde pour voir si je suis d'accord. Je hoche la tête :

« Soit. »

Il reprend :

« Il faut le convaincre de rendre le… le paquet, sans quoi nous nous fâcherions. Et nous emploierions alors des méthodes que, personnellement, je réprouve. Les hommes d'affaires que je représente ne sont pas tendres et je ne voudrais pas qu'il arrive quelque chose de fâcheux.

– Comme quoi ?

– Pardon ?

– Les méthodes ? À quoi elles ressembleraient ? »

Il sourit d'un sourire de joie sadique contrariant, par là, ce qu'il vient d'affirmer plus haut.

« Je n'ose même pas l'imaginer. »

Je me lève…

« Dans ce cas, ce n'est pas pour moi. Vous vous êtes trompé de client, je ne m'occupe pas de ce genre d'affaires. »

Il s'absorbe dans la contemplation de sa cigarette et balance :

« Dix bâtons… »

Je commence à marcher vers la sortie. Sa voix continue, monocorde :

« Pour y aller, plus dix bâtons pour ramener le paquet… plus tous les frais. »

Vingt plaques pour aller récupérer un dossier ! Je ralentis imperceptiblement. Il poursuit, tranquille, il sait qu'il sera le plus fort avec son fric !

« Vous n'aurez même pas à toucher l'homme… Pas de violence. Vous l'informez simplement que nous savons où il se planque et qu'il ne pourra pas sortir de là. Qu'il nous rende le paquet et tout sera dit ! Il pourra poursuivre son chemin en toute quiétude. »

Bon, là, c'est pas pareil ! Je n'y crois pas, mais c'est verbalisé…

« Comment savez-vous qu'il s'est réfugié là ?

– Un pêcheur l'a vu accoster. Nous avons mis une annonce, l'homme s'est présenté. Les vêtements, la pirogue, tout correspond. »

Je me retourne d'un bloc et lui tends la main.

« Je suis votre homme. »

Il sourit très brièvement. Il a gagné, mais ce qu'il ignore, c'est qu'avec des gabarits comme moi, il ne faut pas trop le montrer. Il est moins malin qu'il ne le croit.

Il sort de sa poche une enveloppe fermée et une photo.

« Dans l'enveloppe, il y a vingt billets de cent dollars… pour les premiers frais. Et ça, c'est la photo de notre employé… »

J'attrape le fric. Ça fait une jolie liasse qui crisse agréablement. Et le cliché.

C'est un mec d'une cinquantaine d'années, rond, jovial. La photo, assez floue, le montre en bras de chemise au côté d'un petit biplan. Il devait être à côté de quelqu'un qu'on n'avait pas envie de me montrer, car monsieur Smith a découpé soigneusement la partie gauche de la photo.

Il se lève, l'entretien est terminé.

« Et… si je ne trouve pas… ? »

Il tranche d'un sourire bref.

« Vous trouverez, nous sommes certains qu'il a accosté là… Certains. Il n'a pas pu disparaître ! Dès que vous aurez le paquet, apportez-le nous ici, sans l'ouvrir évidemment, je vous attendrai patiemment. »

Un regard qui devrait être une menace.

« Patiemment… Je suis d'une patience infinie. »

Je me retrouve dehors, j'ai l'impression d'être resté des heures avec l'Américain. Mais un coup d'œil à ma montre m'apprend qu'il n'en est rien. Il s'est passé à peine une bonne dizaine de minutes. Je rigole.

« C'est le stress des affaires ! J'ai pas l'habitude. »

On m'interpelle :

« Russ… Hé, Russ ! »

La fausse blonde m'attend, planquée derrière le palmier de l'entrée.

« Que faites-vous là ? »

Elle sourit, nerveuse.

« Je t'attends pour te raccompagner. »

J'aperçois la bagnole, garée un peu plus loin.

« C'est gentil, mais… j'aurais pu prendre un taxi. »

Ses yeux s'affolent.

« Ça ne me dérange pas, et même, pour tout dire… ça m'arrange, j'avais à te parler ! »

Ouais ! Je m'en serais un peu douté. Je suis tenté de refuser. D'une part, j'ai bien entendu qu'elle avait un rencart à minuit avec l'Amerloque… et dans ces heures-là, on n'a pas des rendez-vous d'affaires ! Et puis, je me demande si je ne suis pas en train de faire une belle connerie… Déjà l'histoire que m'a sortie le gus est étrange… et puis, rajouter dessus l'embuscade de la belle… Non, j'hésite. Mais elle est particulièrement bandante ce soir, peut-être que… et puis je suis curieux de savoir ce qu'elle me veut.

« Très bien, allons-y. »

Nous grimpons dans la bagnole de luxe et nous voilà à tourner dans les rues de Saint-Laurent, pour prendre finalement la route pour aller chez moi.

Tout à coup, elle freine brutalement et je manque m'emboutir dans la vitre.

« Merde ! Qu'est-ce que vous faites ? »

Nous sommes arrêtés au bord du fleuve, la lune brille sur l'eau noire. De temps en temps, on voit un mouvement, une ondulation à la surface… peut-être un caïman qui chasse. Où un tarpon… il y a tellement de vie là-dessous !

« Excuse-moi… je suis un peu brutale. »

Elle allume une cigarette. À la lueur de la flamme, je me rends compte qu'elle est tendue.

« Ouais, un peu brutale. »

Elle hésite.

« Écoute… Je ne sais pas comment te dire ça. C'est moi qui t'ai choisi. »

Je soupire…

« Tu me l'as déjà dit. »

Je lis dans ses yeux que, décidément, je ne lui facilite pas la tâche. C'est exact ! Je veux qu'elle se déballonne !

« Mais ce que je ne t'ai pas dit, c'est que c'est parce que tu as la réputation d'être sérieux. Tu n'es pas comme tout ces… enfin, toute la bande de Bébel. Tu comprends… le… »

Elle n'arrive pas à formuler. Je suppose qu'elle connaît le vrai nom du gus, et je ne dois pas savoir, ce n'est pas dans les plans.

Je l'aide un peu, ch'us pas un chien quand même… Et puis… je reluque son anatomie… Elle a des atouts non négligeables.

« L'Américain ? »

Elle ne laisse pas passer sa chance, elle saute sur l'occase.

« Oui, c'est ça, l'Américain… Eh bien je l'ai connu avant… Il fait partie du… d'une organisation qui ne rigole pas, et comme c'est moi qui ai donné ton nom… je ne voudrais pas que tu fasses quelque chose qu'il ne faudrait pas… »

Je rigole intérieurement. Elle s'inquiète pour ma santé, la Cubaine !

« Comme quoi ? »

Elle reste dans le vague.

« Je ne sais pas. Je ne veux d'ailleurs pas savoir ce qu'il t'a demandé, à part retrouver ce mec… Et je ne veux même pas savoir si t'as accepté… mais… dans ce cas, il faut que tu assures. Et si tu reviens, je te jure que… »

Je me demande où elle veut en venir.

« Oui… continue. »

Là, je laisse du mou à la ligne…

« Écoute, fais pas l'innocent… »

Et puis, je ferre :

« Je ne fais pas l'innocent ! Je veux juste que tu craches le morceau, j'en ai marre des ellipses ! Soit tu me dis ce que tu veux me dire, soit… »

J'ouvre la portière et mets un pied à terre.

Elle cède :

« Très bien… Si tu viens me voir tout de suite après avoir accompli ce qu'on te demande… Eh bien, tu vois… je sais que je te plais… ne crois pas que je n'ai pas remarqué les regards en coin que tu me balances… que t'aimerais passer une nuit avec moi, hein ? »

Je m'insurge d'avoir été aussi transparent… aussi évident.

« Hein ? Une nuit avec toi ? »

Alors ça ! C'est le bouquet ! Je répète :

« Une nuit avec toi ? Mais qu'est-ce que tu crois ? T'es quand même pas la seule femme de Saint-Laurent, non ! Non mais, je rêve ! »

Elle m'attire brutalement à elle et me tire un palot qui me surprend. C'est brutal, sec, dénué de tout sentiment.

Je réintègre en partie la bagnole, j'ai le corps à moitié dedans, à moitié dehors.

Mais je résiste.

Elle force ma bouche.

Je résiste de moins en moins, il faut le dire.

Parce que… elle sait y faire, et bientôt mes mains se posent sur sa magnifique poitrine, je dépose ainsi toutes les armes. Elle me laisse faire un moment puis, brusquement, me repousse hors de l'habitacle. Elle a une force animale… Dans son geste, elle met une telle énergie que je manque, de peu, de me retrouver par terre. Je dégringole, me rattrape comme je peux, sur un pied.

Je proteste :

« Eh ! Mais, qu'est-ce que tu… »

Elle éclate de rire devant ma mine déconfite, puis claque la portière et me crie :

« Ouais, c'est vrai ! Ça ne manque pas de femmes à Saint-Laurent ! Mais il n'y a qu'une Maria ! Et si tu veux consommer, il faut payer ! Le prix, tu le connais. N'oublie pas… Viens me voir tout de suite… juste à ton retour ! Et surtout, surtout… avant même d'aller voir l'Américain ! »

Elle enclenche la vitesse et démarre sur les chapeaux de roues. Je reste là à regarder bêtement les feux de la grosse bagnole disparaître dans la nuit.

« Ben ça alors ! C'est fort de café ! »

La voix de Casimir sort de derrière le manguier :

« Eh ben, patron… elle a l'air de bien vous aimer. »

Il a sûrement tout entendu.

« Oh, qui c'est ? C'est toi, Casimir ? »

Il sort de l'obscurité. La municipalité a fait mettre, depuis peu, des lampadaires sur le littoral. Pendant la saison du petit hiver, ça attire des papillons terribles. Aimantés par la lumière, ils balancent sur le monde des aiguilles minuscules, irritantes. Malheur à qui passe dessous à ce moment-là. Les aiguilles empoisonnées provoquent des démangeaisons horribles. Dernièrement, un jeune gendarme a été rapatrié en urgence en métropole à cause de cette papillonite. Mais en cette saison, il y a peu de danger !

Il n'empêche que Casimir, méfiant, évite les zones trop éclairées.

« Il faut être prudent avec cette femme, patron ! Elle n'est pas très gentille. »

Des conseils ? Ce n'est pas son genre.

« Ah bon ? Qu'est-ce qu'elle t'a fait ? »

Il secoue la main, il n'a pas envie de m'en dire plus. Simplement, il m'a averti, à moi de faire ce que je veux. Comprenant qu'il n'a pas envie de s'étendre sur le sujet, je lui parle de mon contrat.

« Casimir, elle est comment la marée ? »

Il regarde le fleuve noir qui s'écoule paresseusement, là-bas.

« Elle sera haute à minuit. »

Donc, la pointe sera atteinte vers 8 heures. Parfait. Mon ami me mate.

« Pourquoi ? Tu veux aller à la pêche ? C'est le bon moment pour l'acoupa ! »

Je secoue la tête.

« Non, ce n'est pas ça... On m'a demandé d'aller transmettre un message sur l'île d'Alouha... »

Il grimace, ça ne lui plaît pas !

« Il n'y a personne là-dessus... À part les mauvais esprits ! »

J'insiste :

« Je dois quand même y aller. Et puis, moi, tu sais, les mauvais esprits... »

C'est, quand on se retrouve seul sur le fleuve, des discussions sans fin.

Moi, j'écoute le Noir-marron me raconter ses croyances qui remontent à l'Afrique, cette Afrique fantasmée d'où il vient. Il fait partie d'une tribu Ndjuka qui a été enlevée de son pays d'origine pour être entraînée à chasser ses frères, ceux qui, dans les plantations, fuyaient le collier d'esclave, les Marrons, pour se cacher dans la forêt primaire avec les Indiens des bois.

Un sale rôle.

Il insiste :

« Et puis... On ne peut pratiquement pas aborder là-bas. Il n'y a pas vraiment de crique, et je ne pourrai même pas t'attendre, car le courant l'empêche. »

J'ai déjà réfléchi à tout ça.

« Je sais, ce n'est pas grave, je prendrai ce qu'il faut pour tenir une journée... Je pense que ça devrait suffire. »

J'ajoute, car il ne comprend pas :

« Tu reviendras me chercher après-demain. Je compte dormir une nuit sur l'île. »

Comme toujours, devant ma volonté, il cède.

« Bon, mais il faut prendre la moustiquaire, c'est plein de moustiques. J'ai déjà jeté les filets par là-bas... des nuages entiers, et des voraces ! »

J'ai l'habitude, Mana est situé en pleine rizière et la volée du matin et du soir est assez insupportable. Mais ce n'est pas la peine de souffrir inutilement, je prendrai des cônes et ma moustiquaire. D'autant plus qu'en forêt primaire, il y a d'autres spécimens particulièrement dangereux contre lesquels on ne peut rien, car on ne les connaît pas tous !

Je prends congé du Noir.

« Ok ! Donc il nous faut environ une heure et demie pour aller là-bas… Nous partons vers cinq heures et demie, ça va ? »

Il hoche la tête.

« Oui, très bien.

– Et l'essence ? Il y a de l'essence ? »

Un grand sourire fend son visage en deux. Il me montre deux tonneaux en métal bleuté.

« Pas de problème, patron… J'en ai 200 litres ! Je remplirai le réservoir demain matin, ce sera bien suffisant. Bonsoir, patron !

– Bonsoir, Casimir. »

Je file me coucher, il faut que je me prépare. J'espère qu'il me reste quelques conserves. Oh bien sûr, je peux chasser, pêcher, mais on ne sait jamais…

Je me sens subitement pompé.

Je mets la sonnerie du réveil sur 5 heures.

CHAPITRE 7

Driiiiiiiing !

J'ai dormi d'un sommeil sans rêves, et même la chouette qui aime mon toit pour chanter la Traviata, la nuit, ne m'a pas dérangé. Durant un temps, j'ai été tenté de lui tirer des cailloux, mais j'ai toujours eu la flemme de me lever pour ça.

Et puis, si ce gros oiseau nocturne me colle ainsi, c'est entièrement ma faute. Un jour, au lever du soleil, j'avais trouvé cet animal, encore bébé, une aile cassée. Je l'avais emmené chez l'empailleur, qui l'avait plus ou moins réparé. Il lui avait mis une attelle qui immobilisait entièrement le membre cassé.

Mon ami m'avait assuré qu'elle ne vivrait pas :

« Ce genre de volatile demande trop de soins, tu ne pourras jamais t'en occuper comme il le faudrait. »

Têtu, j'avais répliqué :

« Je vais quand même essayer. »

Même enfant, je ne m'étais jamais senti spécialement attiré par les animaux domestiques, comme d'autres vers le refuge amical et solide d'un chien ou vers le fantasme libertaire doux et poilu d'un chaton. Alors, un oiseau sauvage…

Pourtant, je l'avais fait. Avec amour, je lui avais donné la becquée et jour après jour, il avait grossi. Et je l'avais sauvé, et il s'était envolé une fois guéri, c'est la vie.

« Bonne chance, l'ami ! » avais-je crié, pensant en être débarrassé.

Ainsi que la pensée un peu obsédante que j'avais fait œuvre de charité chrétienne et peut-être même pire… d'amour envers la nature, étant incapable d'en avoir pour mon prochain.

En vain !

Dès la nuit venue, un cri rouillé m'avertit que l'oiseau était toujours tout près. Au début, j'en fus stupidement fier. Puis, au fil de mes insomnies, j'en avais été irrité, pour finir par accepter de ne plus pioncer que par intermittence.

Et depuis, toutes les nuits, il revient.

Sauf cette dernière.

« Peut-être est-il parti pour toujours ? »

Éternel optimiste !

Il fait encore noir, je me jette sous la douche et me prépare un bon café *stretto*. Pendant qu'il passe, j'appelle mon ami et associé :

« Casimir ! Ho, Casimir ! »

Il répond tout de suite, il m'a entendu me lever.

« Oui, patron.

– Tu veux un café ? »

Un petit moment de réflexion, il n'en boit pas toujours, car Noémie, sa femme, pense que ce n'est pas bon d'en prendre de trop.

« Oui.

– Monte ! »

Je sens le poids de l'homme sur l'escalier qui craque, je lui tends une tasse odorante. Je prépare le verre de rhum, les Créoles appellent ça le « démarrage ».

Il en jette rituellement une partie sur le sol. Pour les ancêtres !

Moi, je ne peux pas picoler à cette heure de la journée. Quand même trop tôt !

« Patron… du tabac ? »

Il malaxe son tabac avec de l'eau pour se l'envoyer dans le pif, je refuse poliment. Ça… ça me tue !

Je prépare rapidement quelques affaires : sabre Hmong, hamac, moustiquaire. Je trouve quelques boîtes de sardines, thon, haricots, et… bien entendu, je ne pourrais partir sans, quelques poignées de couac. C'est de la poudre de manioc, râpé, fermenté et cuit sur des plaques. On l'appelle *harina* au Brésil, souvent servi en accompagnement, et *gari* au Togo.

Le vrai pain des habitants du fleuve. On le mange avec du poisson en blaff ou du gibier… indépendamment. Et même si vous n'avez rien à mettre dedans, eh bien… un peu d'eau, du sel, du piment au fond d'une boîte de conserve, et vogue la galère…

Les chasseurs partent souvent pour plus d'une semaine en forêt primaire. Ils emmènent juste le fusil, les cartouches, le sabre, et… du couac.

« Je suis prêt ! »

Il éternue une ou deux fois, mais c'est normal avec le tabac à priser.

« Allons-y. »

La pirogue est tirée sur la plage. Pendant que je dépose mes affaires dans une touque, le Ndjuka porte sur son dos le gros moteur de 60 chevaux. Il l'installe à l'arrière, sur l'emplacement prévu pour. Je vais chercher le réservoir qu'il a préparé à l'entrée de la case. Noémie, la femme de mon complice, est sur le pas de la porte :

« Bon voyage, Russ… Casimir m'a dit… tu vas sur l'île d'Alouha ? »

Son ton est dubitatif, elle n'aime pas ça.

« Oui… »

Elle claque sa langue comme font les Africaines. Un tic qui ponctue le langage, contenant le doute, le contentement… suffisamment fort, signifiant, pour avoir passé l'esclavage et les ans.

« Méfie-toi… Mon père disait que c'était habité par des hommes anciens… tu sais, ceux qui mangent le cœur de leurs ennemis… »

Encore des réminiscences… mais religieuses cette fois ! J'ai envie de rire mais ne le fais pas. Au contraire, je réponds très sérieusement :

« Ne t'inquiète pas, je ferai attention… et Casimir ne débarquera pas. »

Elle paraît moins inquiète de savoir que son mari adoré ne mettra pas les pieds sur cette île à mauvaise réputation.

« Bon.

– Bonne journée. »

Je sens son regard me suivre quand j'emprunte le chemin qui serpente jusqu'à la plagette.

« Attrape ! »

Casimir chope le réservoir d'essence, le secoue…

« Il faut que j'en remette un peu… »

Je lui demande mollement :

« Tu veux que je le fasse ?

– Non, non, ça va… »

Il ouvre le bidon de 200 litres et plonge un bout de tuyau directement dans la benzine. Le bon vieux coup du tuyau…

Il aspire fort et hop, d'un geste précis envoie l'essence dans le réservoir, glou, glou, glou…

Quand c'est plein, il stoppe le flux, s'installe à côté du moteur et branche le tuyau d'alimentation.

Elle est belle, notre pirogue ! Grâce à Casimir, un très bon constructeur… menuisier, ébéniste, mais aussi un sacré artiste. La grume a été repérée deux ans avant qu'on la fasse tomber. En pleine forêt primaire. Il a fallu avant tout ouvrir un chemin jusqu'au fleuve au sabre d'abattis.

Ensuite, tous les mètres, poser un rondin de bois qui permet de faire rouler la future pirogue. Parce que notre bâtiment, s'il n'est pas très large, un mètre environ, est long tout de même d'une bonne quinzaine de mètres !

Une fois abattu, l'arbre est évidé à l'herminette, d'un beau trognon, ensuite Casimir écarte « au feu » les deux côtés. C'est l'opération la plus délicate. Le bois peut craquer et alors, il ne reste plus qu'à aller chercher un autre arbre pouvant convenir. Ce qui n'est pas le cas de tous les arbres. Casimir a choisi pour ma pirogue un arbre dur qui porte un nom délicieux… l'angélique. Mais on pourra aussi le fabriquer en bois-caïman, grignan ou même en courbaril, pois-sucré.

C'est à ce moment-là qu'on amène le tronc jusqu'au fleuve. On le remorquera jusqu'à l'atelier où il sera achevé. Deux bordages en kapok encadreront ses flancs… bancs, sièges, caillebotis seront en carapa, posés ainsi pour le confort des utilisateurs.

Ensuite on colmatera les trous avec le noir brai, une sorte de goudron.

Il ne restera plus que la décoration à mener à bien. C'est le nez du bâtiment qui est le plus chargé, où l'artiste a le plus porté son attention. Les peintures de couleurs jaune, bleue, noire et blanche font des rubans sans fin qui s'entortillent les uns sur ou sous les autres, rehaussés de clous de cuivre.

Des rubans qu'on retrouve sur les plats à batée, les peignes, les pagaies en bois-citronnelle ou même sur le devant des cases traditionnelles, sur le Tapanahoni, en remontant le Maroni vers le Surinam.

Super !

Je me souviens, le jour où nous l'avons enfin mis à l'eau.

Quelle fête ! Trois jours de bringue ! Avec les danses et tout ! Ça, les Njdoukas savent faire la fête, on ne peut pas dire le contraire !

Broum, broum, broum !

Le moteur ronronne tranquille. Je saute à l'avant après avoir poussé la pirogue vers le milieu du fleuve. Le Noir connaît par cœur tous ces méandres, je ne suis pas inquiet. Ça n'empêche pas de faire attention. Parce qu'avec la violence du courant et les chercheurs d'or, plus haut, les bancs de sable changent constamment.

Nous ne parlons pas. Tout d'abord parce que le bruit du moteur nous obligerait à hurler. Et puis… c'est aussi l'heure où l'homme n'est pas entièrement sorti de sa coquille. Il est encore dans son lit. Et il plonge mélancolique dans ses pensées tendres.

Oui, c'est l'heure molle… où les carapaces n'ont pas encore durci, où le cœur, on ne sait pourquoi, se serre. Je pense à ma vie, à mes erreurs, mes petitesses, mes lâchetés.

Un vol d'ibis roses coupe le ciel joliment, ils sont regroupés et forment dans l'éther un dessin que je ne comprends pas.

Je suis à l'avant.

À l'aide du tacari, j'amène le nez de la pirogue par les bons passages. La longue perche a été soigneusement sélectionnée parmi les arbustes de la forêt. Il faut qu'elle soit souple, mais pas trop, droite et suffisamment longue.

Nous passons les vestiges du ponton qui servait au débarcadère du bateau pénitencier, amenant son lot de prisonniers condamnés au bagne. Des vestiges qui m'angoissent toujours, par la charge de souffrance qu'ils représentent.

Le soleil surgit derrière la mangrove. Les heures passent…

« On arrive, patron ! »

Il faut connaître le coin ! Rien ne ressemble plus à cet amas vert, marronnasse, que celui d'à côté.

« Par où peut-on aborder ? »

Apparemment, il connaît mieux que moi.

« Attends, on fait le tour par le côté Surinamien, je crois qu'il y a une crique. »

D'un côté, l'île est française, et de l'autre, elle appartient au Surinam. En fait, personne ne sait vraiment où se situe la frontière. Mais tout le monde s'en fout parce que cet endroit insalubre n'a jamais intéressé aucun gouvernement. Il a toujours été là, posé sur le fleuve, comme une virgule.

Nous tournons en suivant le rivage. On ne voit pas trace de plage ou de trou dans la mangrove qui permettrait d'accoster. Je pense à la raison pour laquelle nous abordons cet îlot délaissé des dieux, et me demande comment un homme peut avoir réussi à y accéder. Et surtout, depuis combien de temps il est là…

« Ici ! »

Casimir pointe un endroit où la mangrove semble moins serrée. Il n'y a aucune trace d'amarrage récent ou non.

« Ouais, peut-être ! Il faut essayer. »

Il hoche la tête d'un air dubitatif.

« Je ne crois pas que je pourrai arriver jusqu'au bout. Il n'a pas l'air d'y avoir de fond. »

Il coupe les gaz. On peut parler plus facilement.

« Non, effectivement, il n'y a pas assez de fond. Il va falloir que tu marches dans la boue. Tu veux vraiment y aller ? C'est indispensable ? Je pense que ce n'est pas très prudent. »

Décidément, dans la famille, on s'occupe de moi.

« Je dois y aller ! Il y a beaucoup d'argent en jeu et crois-moi, je n'ai pas trop le choix ! Je touche le fond… »

Je me secoue.

« Allez, mets tout le jus pour monter le plus haut, pour que ça soit le plus dur possible. Et quand on bloque, je saute dans la gadoue.

- D'accord, patron. »

Il tire le câble permettant au moteur de redémarrer. Celui-ci tousse un peu puis, finalement, tourne. Je me place à l'avant, le fusil entre les cuisses, le sabre à mes côtés et la touque prête à être balancée dans la mangrove.

« Ça me rappelle quand je jouais au basket-ball ! »

Je n'étais pas un champion. Je vais tâcher de faire mieux.

Broum, broum, broummmmmm !

Ça y est, nous voilà partis. Après avoir reculé pour prendre de l'élan, la pirogue, pleins gaz, s'élance sur l'objectif que nous avons déterminé : la tache un peu plus claire que je perçois là-bas. Ça ne peut être que là si on doit passer !

Nous prenons de la vitesse, je bande mes muscles.

« Vas-y ! »

Brusquement, le bateau est stoppé. Je balance la touque le plus loin possible. Elle décrit un arc de cercle pour retomber lourdement sur un arbre. La branche oscille un peu, comme si elle se demandait si elle n'allait pas virer l'intruse, mais en définitive, elle garde mon paquet, à l'abri de la flotte.

« Descends vite ! »

Le moteur se bat pour garder encore l'avant de la pirogue dans le sable, mais il recule déjà imperceptiblement. Il ne faut pas que je traîne.

« Adieu ! »

Je saute dans la boue… et m'enfonce immédiatement jusqu'au ventre.

« Oups ! »

Ça ne va pas être facile !

Je m'arc-boute de toutes mes forces pour m'arracher au piège de terre. C'est dur, car j'ai le fusil à bout de bras et je ne peux m'aider de mes mains. La terre veut me garder avec elle et me le prouve puissamment.

« Courage ! »

Enfin, au bout d'un temps infini, j'arrive à sortir un pied que je place devant, bon… Il disparaît à nouveau. À l'autre maintenant ! C'est plus dur, parce que je me suis appuyé de tout mon poids sur celui-ci et on dirait qu'il a pris racine… Ouf !

Petit à petit, la jambe se délivre.

« Allez, encore un effort ! »

J'arrive à sortir un membre de la gadoue. Je fais un petit break, ces deux pas m'ont épuisé.

« Patron, ça va ? »

Casimir s'inquiète de ce que je m'arrête déjà. Il a un œil sur moi et un sur l'eau. Il surveille les alentours, il n'a pas confiance : les caïmans traînent, faussement paresseux. Il n'y a jamais d'accident, mais…

« Ouais, impec ! »

Faut que je reparte. Un pied, encore un… Petit à petit, je m'approche du bord de la mangrove. Je vais y arriver, foi de Russ !

De toute façon, je n'ai pas le choix.

« Ça y est ! »

Avec ma main droite, je chope une branche et je tire de toutes mes forces. Bon, j'ai un pied sur du solide, et un deuxième. Je lève les bras en l'air en signe de victoire. Puis je pose le fusil, le sabre et enlève avec la lame le maximum de cette terre qui colle terriblement.

Elle tombe avec des « flacks ! »

Je saute dans l'arbre qui porte comme un fruit trop mûr ma touque et la récupère en prolongeant mon bras avec une perche coupée dans la mangrove.

Je fais signe à mon ami et crie :

« C'est bon, Casimir, tu peux y aller ! »

Il hoche la tête, il a compris.

« À demain, patron, au même endroit ! »

La pirogue redescend et se place dans le sens du courant.

Je la vois disparaître dans le virage. Le bruit décroît.

Bientôt, les animaux de la forêt reprennent leurs instruments pour un concert bruyant, très particulier à cette région de la Guyane. Grognements, bourdonnements sourds des insectes se réveillant, cris, sifflements stridents, prolongés du tapir… rugissements, paradoxaux avec sa taille, de l'owao, minuscule oiseau… gloussements du dindon, et tous les chants d'amour, de haine, de vainqueur et de vaincu qui meublent mon environnement.

Me voilà seul… Enfin… presque.

« À nous deux, mon bonhomme ! »

J'attache la touque contre mon dos, le fusil à l'épaule, toujours chargé, on ne sait jamais, des fois qu'une poule-perdrix décollerait devant moi… et je me mets en route.

En fait, il n'y a pas de chemin, je dois m'en frayer un au sabre. C'est un outil qui a été forgé spécialement pour moi par le forgeron Hmong du village de Javouhey, situé à côté de l'ancienne léproserie. Un terrain qui a été attribué aux *boat people* par la France au moment des guerres qui ensanglantèrent leur pays. Ils ont éventré la terre pour en faire un immense potager tout autour de leur village. Les Hmongs sont des gens travailleurs… des paysans. Ils ont amené avec eux, de leur pays, des plantes qui n'existaient pas ici. Aujourd'hui, ces légumes font partie intégrante du repas de tous les Guyanais.

Je taille un couloir suffisant pour me laisser la place d'y pénétrer. C'est éreintant et ça n'avance pas très vite. Je vais droit devant moi. Je sais que tant que je suis en bordure de l'eau, les broussailles, les arbustes me barreront le passage. Dès que je m'enfoncerai sous le couvert où le soleil ne pénètre pas, j'avancerai plus facilement. De temps en temps, une fleur d'un rouge éclatant émerge de la monotonie verte.

« Merde ! »

Je trébuche sur une racine, une vieille souche, une déclivité de terrain, je dérape sur une pente boueuse. Il faut, pour marcher en forêt, une bonne assise, un équilibre parfait. Car la première raison qui explique la présence de l'homme en ce milieu hostile est la chasse. Il faut donc être particulièrement discret. Et pour être discret, il faut être habile, léger. Et d'ailleurs, ne suis-je pas moi-même en chasse ?

Oui, mais pas comme d'habitude, pour tuer, ah ça, non !

Ici, la vie et la mort sont régies par d'autres lois qu'en Europe. Des lois que j'ai eues souvent du mal à appréhender.

Trop occidental !

Tous les deux mètres, je casse une branche à hauteur de ma figure. C'est une méthode que m'a apprise Robert, l'Indien Galibi qui conduit la pirogue traînant le bac à Mana. Je suis allé chasser quelquefois avec lui. Ce n'est pas un très bon chasseur, car il est myope comme une taupe. Mais il conserve encore dans sa mémoire tous les trucs de la forêt que la tribu se passe de génération en génération. Et notamment la survie, dont fait partie la possibilité de retourner d'où on vient avec des repères simples mais efficaces. Parce que si on jette un coup d'œil sur la mangrove, on ne voit que verdure et ombre.

Mais avant tout, il faut apprendre à regarder. Ça a l'air évident comme ça, mais ça ne l'est pas. Le soleil se lève rapidement, mais comme je suis de plus en plus sous les grands arbres, je ne l'aperçois pas.

« Là, c'est bien ! »

Je ne suis pas trop loin du fleuve, et ça sera peut-être mieux quand je devrai rejoindre Casimir demain matin.

Je regarde l'heure.

« 9h30 ! »

Nous avons dû arriver vers 8 heures, j'ai marché une heure trente. Mais pour le retour, je devrais mettre environ dix minutes. Le trou dans les buissons ne se refermera pas en un jour !

J'ai choisi un endroit légèrement en surplomb pour m'installer entre les feuillages. On aperçoit un reflet qui doit être le fleuve. Je suis sous un immense fromager multi-centenaire qui m'abritera, je l'espère, d'une averse hypothétique. Ça n'a pas l'air de menacer mais dans cette région, il ne faut jurer de rien !

J'accroche mon hamac. Si je m'absente longtemps, il vaut mieux le faire maintenant plutôt qu'à la nuit. Je mets ma touque dedans et j'attache la moustiquaire par-dessus. Je cherche le bois adéquat pour le feu et je l'installe, prêt à fonctionner.

« C'est bon ! Je peux aller te chercher, mon gars ! »

Je n'ai pas cru une seconde à cette histoire de dossier. Ou alors c'est politique. Mais que la nénette de Bébel me dragouille pour que je lui file le truc m'incite à penser que ce ne peut pas être ça. C'est plus sûrement encore une histoire d'or. Un beau paquet d'or ! Parce que me payer une telle somme pour aller chercher un paquet de jaune… doit y en avoir sacrément !

« Quelle bande de pedzouilles ! »

Je souris.

« Remarque, y t'ont pas encore envoyé le pognon, les gros malins ! »

Putain, je cause tout seul, ça ne va pas bien, moi !

« Allez, on y va ! »

Je prends à droite, dans le sens du soleil, plein est. Je décide de faire le tour, si je peux…

Pour le moment, je n'ai vu aucune trace de vie humaine dans la forêt. Et si c'est ce que je pense, le gus que je cherche n'est pas un spécialiste de la Guyane. Sur la photo, il avait l'air trop blanc, trop gros… Enfin, on peut changer, bien entendu.

Mais je ne le sens pas. Il n'est pas non plus banquier, ou travaillant dans une grosse entreprise comme col blanc, non !

Je pense plutôt à une tête de petit truand.

« Ouais, un demi-sel ! »

Il m'est plus facile de marcher ici qu'au bord du fleuve mais ce n'est tout de même pas très aisé. Je dérange des serpents qui se dorent dans une flaque de soleil échappée des branches, des singes qui me suivent une bonne heure en se moquant de moi, des oiseaux de toutes races qui chassent les insectes, du gibier, mais… je ne vois pas trace d'homme.

L'Américain n'a peut-être pas eu les bons renseignements ?

Enfin… il faut que je continue pour m'en assurer.

Vers 1 heure, je décide de m'arrêter pour manger. Je trouve une ravine profonde qui donne directement sur le fleuve. Je descends chercher de l'eau. Je mélange des sardines avec du couac, je noie sous de la flotte. J'attends que ça gonfle. C'est nourrissant.

Je ne m'accorde que ce temps pour me reposer, et encore… assis sur mes talons. Je repars immédiatement, mon assiette en métal lavée au fleuve.

« Allons, ce n'est pas possible qu'il n'y ait aucune trace d'un grand gaillard comme ça ? Il doit bien y avoir un restant de bois noirci par le feu… »

La journée est chaude, le ciel se couvre. Peut-être va-t-il pleuvoir ? Effectivement, de grosses gouttes commencent à tomber sur les feuilles. Je m'abrite sous un wacapou au cœur dur. L'arbre m'offre un abri suffisant, car ce n'est qu'une toute petite averse.

« Si c'est tout ce qui tombe cette nuit, ça ira ! »

Je continue à avancer dans l'air humide. Le soleil reparaît, son absence n'aura pas beaucoup été remarquée.

Tant mieux. Je n'y avais pas vraiment songé mais s'il avait plu comme il pleut en période de pluies, je n'aurais pas pu entreprendre ce périple. Périple qui, jusqu'à présent, n'a servi à rien. La chaleur humide fatigue l'organisme beaucoup plus rapidement que celle des pays secs. Je sens mes forces décroître : je ne vais pas pouvoir continuer longtemps comme ça.

« Merde ! Déjà 4 heures ! »

Je m'arrête un moment pour réfléchir. Il me faut bien deux heures pour rentrer à mon campement avant la nuit. Sinon, je ne pourrai plus voir mes repères.

Il faut rebrousser chemin.

Je m'engage donc pour le retour. J'ai décidé que je ferai en deux heures ce que j'ai mis quatre heures à exécuter. Je ne m'attarde pas en chemin à observer un oiseau-colibri ou ce fameux papillon bleu nuit, le morpho, qui fait la joie des collectionneurs.

« Allez, fonce ! »

Au bout d'un moment, j'ai le bon rythme.

Tout à coup, je perçois un mouvement sur la gauche. Je n'ai pas encore compris ce que c'était que, déjà, je pointe le canon de l'arme juste dans le prolongement d'un tatou qui traverse paresseusement un petit cours d'eau.

Pan !

Mon coup de feu réveille la forêt, mais j'ai fait mouche.

« Bien tiré, Russ ! »

Je suis content de moi. L'animal a culbuté dans l'herbe et reste allongé sur le côté. La balle l'a séché, il est mort sur le coup. Je m'approche et le retourne avec mon sabre. Oui, il est bien mort.

C'est un petit, un jeune… Ce soir, je vais me régaler.

« Ce n'est pas tout, mais il faut que je me dépêche ! »

Je reprends ma course, le dos alourdi par l'animal mort. Mes muscles protestent, mais je n'ai pas le choix ! Quand j'arrive au campement, le ciel est tout rouge du soleil qui se couche.

« Ouf, juste à temps ! »

J'allume le feu sous les quatre tronçons de bois que j'ai ramassés ce matin, taillés au sabre et mis à l'abri de la pluie sous de grandes feuilles. Je m'en félicite car si j'avais à le faire maintenant, dans l'ombre, ce serait plus difficile. C'est un bois spécial qu'on ne trouve pas toujours facilement. Il dégage de petites flammèches bleutées, ne brûle jamais tout d'un coup, il prend son temps et se consume doucement.

Idéal pour la cuisine !

Je prépare l'animal, le découpe et le citronne soigneusement. Toujours avoir un citron en forêt !

Je fume une cigarette en réfléchissant à ma mission.

« C'est un échec, non ? »

Au bout d'un moment, j'estime que le citron a fait son effet, je peux passer à une autre phase de l'opération repas !

Sur les flammes, je pose délicatement la petite casserole qui ne me quitte jamais. Elle est toute noircie par les nombreux gueuletons solitaires que je me suis fait mijoter dedans. J'y mets de l'eau du fleuve et quand elle chante, j'ébouillante le tatou. Puis j'ouvre une boîte de sardines, je réserve celles-ci et mets l'huile d'olive qui les conserve dans la marmite, je jette dedans un gros oignon sauvage et quelques piments-café que j'ai trouvés au fond de mon sac, vestiges d'un autre pique-nique.

J'y ai trouvé aussi, dans un papier soigneusement tortillé, du gros sel et du poivre vert qu'on m'a donné frais et que j'ai fait sécher.

« Parfait ! Un vrai sac à malice. »

Quand l'oignon est cuit, je jette à son tour le tatou dans l'huile chaude et le fais revenir à petit feu, doucement, doucement, j'ai tout le temps. La nuit est tombée brutalement et il n'y a plus que le feu pour éclairer la zone où je me tiens. Les cris des animaux ont changé. C'est normal, c'est maintenant le règne des nocturnes. Le terrain de chasse de nombreux prédateurs en quête de victimes potentielles.

Je me demande ce que l'odeur alléchante doit attirer comme affamés autour de moi. Heureusement qu'il y a peu d'animaux qui osent s'attaquer à l'homme.

Peut-être le jaguar ? En fait non, c'est plutôt les plus petits qui osent s'y frotter !

Je laisse cuire une bonne heure puis :

« À table ! Je sens que c'est cuit ! »

Je descends du hamac jusqu'au fleuve pour faire gonfler le couac. Je me sers une bonne part de tatou et mange à même la casserole en utilisant mon sabre comme fourchette et couteau.

« Hum ! C'est bon ! »

Il faudrait que je pense à laisser des couverts en permanence dans la touque ! Je me brûle la langue. Je suis maintenant presque sûr qu'il n'y a personne sur ce bout de terre oublié des dieux.

« Je vais gagner facilement dix bâtons ! »

Ça va mettre du beurre dans les épinards. Ensuite, on va faire le voyage dans le pays Njouka… puis je vais m'occuper de Maria… hum ! Sympa, non ?

« Very good programme ! »

Je pourrai, avec ce pognon, l'emmener avec nous sur le Tapanahoni ? Non, je ne la vois pas du tout en talons aiguilles sur le fleuve. Par contre, au Brésil…

« Ouais, c'est ça… à Rio ! »

Là, on pourrait cacher nos amours.

« Est-ce qu'elle quittera son Bébel ? »

Je décide de laisser là toutes ces questions et d'aller me coucher. Je me hisse jusqu'à mon hamac et installe bien la moustiquaire par-dessus pour ne laisser aucun trou par lequel les minuscules bestioles vrombissantes et piqueuses pourraient passer. La nuit n'est jamais complètement noire quand on sait regarder, elle est pleine de couleurs, peut-être plus belles que celles du jour, plus profondes, mystérieuses, renouvelées sans cesse. Avec la musique de la nature, le grand opéra de chaque nuit, elles nous renvoient à ce qu'il y a d'archaïque en nous, de caché, d'oublié, de peurs ancestrales…

Je rêvasse un moment à tout cela puis, insidieusement, les images m'emportent vers la jeune femme.

Je m'endors.

CHAPITRE 8

« *Chién-chien commólacoüa-boúcayem bicayábani yakéta óni !* [4]

– Hein ? »

Une voix me réveille en sursaut. Elle est métallique et il y a un caractère d'urgence. On me secoue.

« Hein ? Qui c'est ? »

Elle répète sa litanie :

– *Chién-chien commólacoüa-boúcayem bicayábani yakéta óni !*

Maintenant, je crois être assis dans la bagnole tamponneuse de mon enfance, tellement elle me balance. Quand j'ouvre les yeux, la lune éclaire devant moi un masque grimaçant, impressionnant. Devant ma peur, il disparaît dans un immense éclat de rire. Je me blottis sous ma moustiquaire comme un petit enfant qui aurait vu le loup. Puis je réalise que je ne dors plus.

« Bon Dieu ! Qu'est-ce que… »

Dans l'urgence, je m'empêtre dans le hamac et je manque tomber. Le fusil et le sabre choient lamentablement sur le sol. Mon cœur bat la chamade.

« Merde ! »

Un nouvel éclat de rire retentit dans la forêt, mais plus loin.

« Il était là… »

J'arrive enfin à ramasser mon barda et me fige, à l'écoute du moindre bruit. Mais rien. Il n'y a plus rien. Que les bruits normaux à cette heure-ci de la nuit.

Je jette, hargneux :

« Merde ! »

4 - Casse-toi de là, chien, va-t-en secouer tes puces plus loin !

Je pointe le canon de mon fusil dans tous les coins mais je ne vois plus rien. Qu'est-ce que j'ai vu, en fait ? Un masque grimaçant.

Mon gus que je cherche, celui du dossier ? Non... j'essaie de me raisonner... En tous les cas, trop jeune pour être mon mec. Il a pu arriver jusqu'à moi en silence. Bon, je pionçais... mais il est reparti alors que là, j'avais les yeux bien ouverts.

Un type habile... et jeune. Non, décidément, ce ne peut pas être mon pigeon.

Je remonte dans mon hamac mais je garde tous les sens en alerte maximum. Je n'aime pas avoir peur !

Non, décidément, je n'aime pas ça.

Ça me renvoie à mon enfance, quand je me retrouvais dans le placard à balais. Ma mère m'y enfermait des jours entiers. Et je ne savais même pas pour quelle raison. C'est quand mon père est parti avec l'institutrice...

Mon père était le directeur de l'école. Ma mère en était très fière, elle qui venait de la campagne. C'était une sacrée promotion. Apparemment, mon père ne m'avait pas voulu et il souffrait de vivre avec ma mère. Elle s'était tout simplement fait mettre en cloque. On se mariait, à cette époque, dans ces cas-là...

Quand l'institutrice est arrivée, nous sommes tous tombés amoureux d'elle. Tous ! Même le gros Dédé, qui s'enorgueillissait de ne jamais faire attention aux filles.

Elle était blonde avec de grands yeux bleus.

Une fée !

J'ai pensé immédiatement que c'était une fée. Une fée qui aurait gagné le concours de miss France et *Holiday on Ice* en même temps.

Une grâce d'amazone. Elle ne marchait pas, elle volait. De sa bouche s'évaporaient des papillons et ses entendements étaient toujours purs.

« Ouais, tu parles ! »

Elle avait sûrement quelques pensées impures parce qu'un beau jour, elle est partie avec mon père pour une destination inconnue.

Je comprends mon père, j'aurais fait comme lui !

Et encore à ce jour, je ne sais pas ce qu'ils sont devenus. Ils ont disparu complètement de la planète. Mais c'est pour ma mère que ce fut dur. Pour moi, mon père n'était déjà plus là, tellement il était inexistant à la baraque. Alors, quand il a été vraiment absent, je n'ai pas vu de différence... enfin en ce qui le concerne, lui.

Parce que pour ma mère, ce ne fut pas la même histoire, non ! Ce fut une catastrophe. Du jour au lendemain, il fallut rendre l'appartement de fonction spacieux qu'on nous avait attribué pour laisser la place au nouveau directeur. Et nous sommes allés vivre à Lyon, où ma mère fut reclassée comme femme d'entretien dans une école.

Une sacrée dégringolade. Merci l'Éducation nationale ! Belle élégance !

Le nouvel appartement n'avait évidemment pas le lustre de celui d'avant. Ma mère continuait de ressasser son échec avec mon père. Elle s'est imaginé, allez savoir pourquoi, nous ne sommes pas dans la tête des fous, que si mon père était parti, c'était ma faute !

Moi, je savais bien que je ne le dérangeais pas ! C'était ma mère, avec ses mains de paysanne, ses raisonnements balourds, ses pensées d'arriviste qui avait fait le plus pour le pousser hors de la maison. Pauvre maman !

Alors à peine avais-je franchi le seuil de l'appartement qu'elle me punissait en m'enfermant dans le placard, où il y avait toutes mes terreurs d'enfant. Des fantômes que je n'aimais pas revoir.

Et en regardant autour de moi, là, je me demande si je n'ai pas rêvé. Si ce n'est pas encore ma mère qui se moque de moi.

À cause de cette idée, je ne peux plus fermer l'œil de la nuit, et à l'heure d'aller retrouver Casimir, je suis crevé.

Au moment de descendre du hamac, j'entends du bruit sur la gauche. Je vois un mouvement, j'ajuste mon regard. Mince ! Un paca, cette sorte de gros rat à la chair délicieuse. Je pense que Noémie va être contente, ce matin. Il y aura du gibier pour la maison.

Je pose un pied à terre, enlève le cran d'arrêt vise l'animal qui grignote et… clac !

Rien ! Je manœuvre la culasse… clac !

Là, le paca m'a entendu et vu. Il disparaît en une seconde.

« Merde ! »

Ce n'est pas de moi de laisser le fusil déchargé.

Qu'est-ce qui s'est passé ? Je fais jouer encore le mécanisme. Non, tout marche, rien n'est enrayé. Mais… Je prends la touque pour remettre des cartouches. J'emporte toujours une ceinture pleine.

Zob !

Rien.

Alors je pense au masque grimaçant qui m'a fait tellement peur.

« C'est lui ! »

Drôle de fantôme qui pique mes munitions !

Je n'ai pas le temps de réfléchir plus, j'entends le moteur qui approche. Je descends le plus près possible de l'eau. Bientôt, j'aperçois la pirogue qui tourne bien au large de la pointe.

« Patron, oh, patron ! »

Casimir agite la main, il est content de me voir.

« Alors ?

– Attends, laisse-moi monter, approche ! »

Il lance l'embarcation sur le lit de boue. Je lui lance la touque, le sabre et le fusil.

« Bon, faut y aller ! »

Je me lance dans la gadoue en cavalant. Mais bientôt, je suis ralenti. Ce n'est pas grave, je plonge le plus loin possible. J'arrive à choper le nez de la pirogue et crie à mon associé :

« Vas-y ! Recule, je vais pas monter comme ça, j'ai pas envie de tout pourrir ! »

Il fait marche arrière et bientôt nous voilà au milieu du fleuve. Je me débarrasse au maximum de la boue grasse qui colle à mes vêtements.

Il s'est déplacé jusqu'à l'avant pour me tirer hors de l'eau. Il rit.

« Eh bien, patron, on peut pas dire que tu ne vas pas prendre une douche, non !

– Tu as raison, j'en ai bien besoin… Mais, qu'est-ce que c'est ? »

J'ai aperçu une ombre mouvante dans la mangrove.

« Où ? »

Casimir regarde l'endroit où je pointe le doigt.

« C'est rien… caïman ! »

Effectivement, je perçois maintenant les yeux.

« Une belle bête ! »

Je n'en dis pas plus. Les Njdoukas ne chassent pas le caïman. Pourtant, c'est bon. En fricassée, c'est même délicieux ! Mais ils disent qu'il ne faut pas.

Un soir, devant le fleuve immuable, en buvant un ti'rhum, mon ami m'avait expliqué :

« Tu vois, patron… un jour que les Blancs poursuivaient une bande de Marrons en fuite, une vieille femme ne réussit pas à passer le fleuve avec les autres. Elle allait être prise… un immense caïman s'approche et lui dit : « Viens, passe sur mon dos. » Elle avait peur de l'animal, mais elle ne voulait pas retomber dans les mains des Hollandais. Alors, elle grimpa sur son dos et ainsi elle fut sauvée de l'esclavage. Depuis, les Njoukas ne mangent plus de caïman… »

Une belle histoire, mais…

« C'est dommage… »

Buté, tu ne lui en ferais pas manger pour un empire.

« Peut-être… mais c'est pas bon pour les Noirs de le manger. »

Je n'insiste pas, je sais que c'est profondément ancré en lui et je respecte ses croyances. Elles ne sont pas plus connes que les nôtres.

Le moteur nous entraîne loin de l'animal. Il me demande :

« Et alors ? Tu as trouvé quelque chose ? L'homme ?

– Non… mais j'ai aperçu quelqu'un. »

Je lui raconte l'apparition dans la nuit. Il réfléchit…

« Comment il était exactement, le masque ? »

Je lui décris la tête rouge avec, sur le nez, le front, les joues, jusqu'au menton, des dessins géométriques. Je lis dans ses yeux qu'il sait de quoi je parle et à la vérité, en l'énonçant, je comprends ce qui m'a visité cette nuit.

« Des Indiens ! »

Il hoche la tête en souriant :

« Wayanas… Émerillons ou Wayampis de la forêt.

– Que font des Wayanas par ici ? »

Ce sont des Indiens qui vivent surtout sur le Maroni, au-dessus de Maripasoula.

Casimir hausse les épaules.

« Je sais pas, patron ! Ici, c'est surtout les Galibis… enfin les Kalinas. C'est rare de voir d'autres Indiens dans les parages. »

Le peuple amérindien est, depuis une dizaine d'années, agité par des mouvements identitaires très forts. Le terme *Galibis* est considéré par eux comme une invention colonialiste, l'appellation *Kalinas* convient mieux. C'est la raison pour laquelle Casimir a commencé par les appeler « Galibis », la prise de conscience est relativement récente et il n'est pas rare qu'on les entende encore nommés ainsi, non par racisme ou désir de faire du mal, mais simplement parce que les choses sont longues à évoluer.

Il poursuit :

« Des fois, ça arrive… les Indiens sont souvent nomades. Ils changent de région, de village. Ils abandonnent leur lieu de vie pour en trouver un autre, où il y a plus de poisson, de gibier ou simplement parce que le lieu précédent était maléfique… Mais que des Wayanas se soient déplacés aussi bas, presque au bord de la mer, alors là… c'est bien la première fois que j'entends parler de ça ! »

Moi aussi, et c'est pas tout !

« Mais pourquoi m'ont-ils foutu la trouille ? »

Mon ami rigole.

« Ils aiment bien faire des farces aux Blancs. Ce n'est jamais méchant… »

Tu parles ! Si j'étais cardiaque, je ne serais plus là pour en parler !

« Et la poudre ? Hein ? Il m'a piqué toutes mes cartouches ! »

Il grimace un sourire.

« Ça, je ne sais pas. Ils n'avaient peut-être plus de quoi chasser. Mais je doute… ils ne sont pas voleurs. Peut-être encore pour te faire une farce ? Ou simplement, en avaient-ils besoin ? »

Ouais, ça, je connais. C'est vrai qu'ils sont farceurs. Combien de fois Robert, en pleine forêt primaire, s'amusait-il à me perdre ! Après, devant mon air furieux, il se tordait de rire. Bon d'accord, une farce, mais…

« Une farce qui nous a coûté un super repas, préparé par les mains d'or de ta femme ! »

Nous arrivons à Saint-Laurent. Nous passons devant le cargo échoué. Le vent a charrié du sable dessus et les graines ont germé. Aujourd'hui, on aperçoit à peine la structure, les arbres et la mangrove ont mangé le fier bâtiment.

C'est une île du fleuve comme une autre, un pays où la nature est encore la plus forte. Jusqu'à quand ? Jusqu'à ce que les hommes arrivent enfin à détruire cette dernière partie du monde qui lui résiste.

« Et voilà ! »

La pirogue s'échoue sur le sable. Je saute à terre et j'attache le nez à une perche plantée pas trop loin de la berge. Casimir me passe la pagaie, le fusil, le sabre, la touque. Je lui rends la pagaie.

« Attends, je vais peut-être repartir, laissons la pagaie.

– Comme tu veux, patron ! »

Une voix basse, rauque, moqueuse nous interpelle :

« Je fais chauffer de l'eau pour la viande ? »

C'est Noémie, un sourire goguenard aux lèvres. Elle porte sur la tête le panier de linge qu'elle va laver au fleuve. Je grommelle que le gibier, il faudra le demander aux *Yolokas* [5] du fleuve qui m'ont volé les cartouches.

Casimir rit…

« Des Indiens lui ont fait peur !

– Ah bon ! Je savais pas qu'il y avait des Indiens là-bas ! Je croyais que c'était inhabité. »

Je décide de minimiser l'incident. Je ne sais pas pourquoi mais je préfère qu'on ne sache pas que j'ai rencontré un homme là-bas.

5 - esprits amérindiens.

« Enfin, je ne suis pas certain. Peut-être que j'ai rêvé. Je ne sais pas. Mais ce qui est sûr, c'est que j'ai loupé un bon coup de fusil qui nous aurait régalés. »

Noémie se moque de moi, elle aime bien m'égratigner.

« Eh ouais, si tu avais touché juste ! C'est connu, tu ne ramènes jamais rien de la chasse ! »

Je me marre aussi, ça fait partie du jeu. Nous montons le chemin qui mène chez moi… Je glisse à mon ami :

« Casimir. Va falloir que j'y retourne.

– Hein ? Pourquoi ? »

Ça ne m'enchante pas, mais y'a un sacré pognon en jeu !

« Le mec est peut-être là. Au début, je croyais qu'il n'y avait personne, mais j'ai mal regardé, et je me suis fait prendre pour un imbécile par une troupe d'Indiens en goguette ! Le mec, il a peut-être filé entre mes doigts lui aussi. »

Et là, pas question de le rater, je vais y retourner, prendre des provisions pour une semaine, et je vais le trouver ! Foi de Russ ! Le Noir soupire, résigné.

« Comme tu veux, patron ! »

Il sait… Quand je suis en pétard, je n'écoute personne. C'est vrai que ça m'a vexé, la petite plaisanterie. Wayanas ou Kalinas, je m'en fous ! Mais en attendant, faut que je me renseigne sur les mouvements indiens. Et pour ça, y'a qu'un mec à qui je peux faire confiance, c'est Robert.

« Faut que j'aille à Mana. »

Regard noir.

« Tu vas voir Robert ? »

Rien ne lui échappe.

« Oui, il faut que je sache. »

Il grommelle un truc que je ne comprends pas. Je crois qu'il n'approuve pas ma quête de la vérité.

Je prends une douche brûlante… Ouahou ! C'est bon ! Au début, quand je suis arrivé ici, je me lavais toujours à l'eau froide, je n'avais jamais assez de fraîcheur… Petit à petit, j'ai commencé à ressentir les saisons ; pendant la période d'hiver, j'ai froid. Et j'ai apprécié les douches chaudes. Quand je reviens comme aujourd'hui de la forêt, mon délice, c'est de m'ébouillanter sous la flotte.

Je me sèche et fait démarrer la 4L réformée couleur jaune rouillé des PTT que j'ai acquise pour la modeste somme de mille balles à la vente aux enchères de Cayenne. La batterie est morte le jour où elle est née. Je la pousse et…

Vroum, vroum !

Nous voilà sur la route. Elle et moi. De lourds nuages bas et ronds roulent vers la mer. Les alizés ? Je chantonne, la vie, je ne sais pas pourquoi, me paraît belle, la pluie a lavé les arbres, le goudron, percé par endroits de trous respectables, luit doucement. De temps en temps, un aigle ou un vautour tournoient dans l'azur. Leurs immenses ailes ne semblent pas bouger… Puis, brusquement, en l'espace de rien du tout, ce n'est plus qu'une flèche qui plombe sur la proie convoitée.

À gauche, après la coopérative de riz, je passe la maison que Claude, le pédagogue du sud-ouest, a construite de ses mains. Juste à côté des marais. Sa femme, jeune Créole marrante, est la *first lady* pour les gratins de couac. Miam !

Plus loin encore, c'est la maison de mon copain coolie. Je l'ai vu arriver avec sa femme, une jolie maigrelette, elle ne savait pas encore parler français. C'est elle qui m'a appris à faire le curry. Attention, le vrai ! En faisant sauter avant de les broyer les épices en graines sur une plaque, ça n'a pas du tout le même goût ni la même odeur.

Les rizières sont en vue. Un avion passe et repasse en balançant du DDT ou une autre saloperie sur le riz. Pourtant, je n'achète que ça. Faut dire qu'il est bon !

Ça y est, je vois le toit pointu de l'église. Je me dirige directement sur le quai où mon ami doit œuvrer. Ma bagnole ne passe pas inaperçue et comme j'ai exercé le beau métier d'instituteur, je donne le bonjour par-ci, par-là… enfin, à ceux qui n'ont pas honte de saluer un homme qui s'est mis la communauté pédagogique à dos. Patrick, l'ancien collègue et ami, n'est pas là. Il doit travailler, je ne vois pas la Mercedes garée devant sa porte.

Je passerai me faire offrir un coup tout à l'heure, je pourrai aussi demander conseil à sa femme, qui est médecin et a de très nombreux et très bons contacts avec les Indiens.

Je me souviens. Elle m'a raconté que les bonnes relations entretenues avec eux lui avaient fait vivre une aventure marrante. Ça se passait il y a trois, quatre ans… pour la naissance de leur première fille.

Il y a eu des problèmes. L'enfant se présentait par le bassin. Le collègue chirurgien ne lui avait pas laissé le choix. Une césarienne !

« Faudra ouvrir ! »

La veille, une ambulance l'avait amenée à l'hôpital de Saint-Laurent. On lui avait fait les examens d'usage avant de la laisser dormir. Elle tournait et retournait, passer sur le billard ne l'enchantait pas.

« Psssst ! »

Dans la soirée, une bande d'Indiennes était venues en cachette du personnel soignant et l'avaient mise sur un fauteuil roulant.

« Nous venons te chercher pour que tu voies notre médecin à nous, indien. Tu as fait beaucoup pour nous, c'est à nous de faire quelque chose pour toi. »

Le fauteuil roule jusqu'au fleuve où une pirogue les attend.

« Dans l'état où tu étais, tu n'avais pas peur ?

– Non, je ne sais pourquoi, je me sentais en confiance. Je ne peux pas expliquer. »

Ils ne font pas plus d'une heure de voyage jusqu'au petit village qu'elle connaît bien pour y avoir fait de nombreuses interventions. Les Indiens, qui attendent, portent Setti sur un brancard jusqu'à un très vieil homme qui la fait poser devant lui.

« Il a commencé à chanter, à jeter du sable sur mon ventre. Puis il m'a fait des impositions de mains. À un moment, j'ai ressenti que le bébé bougeait et un immense bien-être m'a envahie. Je me suis endormie. »

Elle s'est réveillée le lendemain à l'hôpital. Au médecin qui est venu la chercher, elle a dit simplement :

« Attends ! Il ne faut pas me charcuter, l'enfant s'est tourné !

– C'est impossible ! Non, ce n'est pas possible !

– Fais une dernière radio ! »

L'enfant s'était effectivement placé bien sagement comme il fallait. Les toubibs n'en revenaient pas. Heureusement qu'elle était elle-même médecin et avait bien les pieds sur terre, sinon on l'aurait opérée inutilement.

Mystères de la forêt…

J'arrive devant l'épicier chinois, *Chez Sam*. C'est juste devant le débarcadère. La barge tirée par la pirogue de Robert est de l'autre côté du fleuve. J'aperçois une camionnette qui descend prudemment dessus. Je décide de me boire une petite bière chinoise devant le fleuve en regardant paresseusement la manœuvre. J'en prends une autre pour Robert qui doit avoir la gorge aussi desséchée par le travail de piroguier.

« Bonjour Sam ! Ça va ? »

Le Chinois de Hong-Kong me salue.

« Oh, monsieur Russ ! Alors, vous êtes de retour ?

– Temporairement, très temporairement ! »

J'emporte ma boisson glacée et je m'assieds sur un banc que la municipalité a très intelligemment placé là exactement pour cet usage.

La camionnette est installée dans ses cales. Derrière, une grosse bagnole, air conditionné et tout, s'engage à son tour. Puis c'est les gendarmes… je ne me lasse pas de contempler Robert ranger les voitures. Je ne suis pas le seul.

Je salue le pharmacien, un jeune homme étrange qui possède une superbe décapotable. Pour lui, la Guyane, c'est la découverte de l'alcool. Très timide, il rougit quand une femme lui adresse la parole. Il tient une bière, qui ne doit pas être la première, car il me dit la voix pâteuse :

« Je crois que je vais être un peu saoul, ce soir ! »

Ouais, si tu continues comme ça, c'est probable !

« Salut, Russ !

– Salut, Maxou. »

Le mec qui vient de me saluer est un ancien légionnaire à la retraite qui fait… tiens, c'est vrai, quoi… Qu'est-ce qu'il fait, Maxou ? Un ancien légionnaire, qu'est-ce qu'il peut branler toute la sainte journée ?

« Maxou… Qu'est-ce que tu fais ici, en Guyane ? »

Il me regarde avec un œil qui dit oui et un qui dit non. Je sens bien qu'il a envie de m'envoyer paître, mais comme il a de l'estime pour ma pomme…

« Je fais un peu l'or… sur le Mana. Avec des Brésiliens… Enfin… des Caboclos. »

Ceux-ci n'ont pas bonne réputation, je ne sais pas pourquoi. Ce sont des Métis moitié Indiens, moitié Noirs.

Il rajoute lourdement :

« Pourquoi tu t'intéresses soudain à mes activités ? »

Je lui jette le regard, moi aussi je sais faire.

« Parce que je recherche un mec qui a du chou, qui sait réfléchir et poser les bonnes questions sans qu'on le remarque ni qu'on l'entende… Tu vois ? À moins qu'il sache déjà… »

C'est en lui posant la question sur ses activités que je sais tout à coup ce que je lui veux. Je viens subitement de me rappeler que Maxou a la réputation de connaître tout sur tout le monde. Ça m'intéresse bigrement.

Là-bas, Robert replie la ridelle qui condamne l'arrière de la barge. L'homme annonce tranquillement.

« Je vois. »

Eh bien, il ouvre la discussion, l'ancien soldat !

« Tu vois… mais ça t'intéresse ? »

La réponse fuse, on sent bien l'ancien militaire.

« Ça peut m'intéresser. »

Bordel, quel oursin.

« Bon, écoute-moi une seconde. Y'a un mec dans un hôtel de Saint-Laurent que j'aimerais bien cadrer. Et savoir un peu qui c'est vraiment. Et c'est payé pour ça 2000 balles. »

Il s'allume une clope, tranquillou.

« Et c'est tout ?

– Ouais, c'est tout.

– Tu sais… tu peux faire tuer qui tu veux, pour cette somme… »

Un frisson me parcourt. L'est pas un peu frappé, le Maxou ? Tuer quelqu'un ? Pourquoi faire ? Il se trompe de gus !

« Non, non… Il s'agit uniquement de se renseigner, c'est tout. C'est un Américain… Enfin, peut-être ! J'aimerais simplement savoir ce qu'il maquille par là. Quel est son business, son racket. »

Il tire deux ou trois bouffes et hoche la tête.

« D'accord, oui, c'est d'accord. Et c'est évidemment pour tout de suite ? C'est très urgent, quoi…

– Oui. »

Il jette sa cigarette dans le fleuve, d'un geste très hollywoodien. Il lève les bras au ciel, s'étire, ses os craquent. Très impressionnant !

« Et où puis-je trouver ce monsieur ?

– Au Grand Hôtel de la Plage. Le gus est descendu sous le nom évocateur de monsieur Smith… Ça ne te dit rien, Monsieur Smith ? »

Il secoue la tête, prend des clefs qu'il lance en l'air, un vrai décontracté.

« Non, je vois pas. Pourtant au Grand Hôtel de la Plage… Bon, je verrai. J'y vais tout de suite, je te rejoins chez toi ?

– Oui, je vais te donner l'adresse. »

Il sourit, sûr de lui.

« Je sais où tu crèches, l'Ancien… Allez, tchao ! À ce soir ! »

Il se barre vers la rue des Frères et disparaît dans le virage. Bon, j'espère qu'il va être discret. Je crois que j'ai bien fait, c'est un investissement, mais…

« Bonne chose, y'a trop de zones d'ombre. On va éclaircir tout ça. »

Je préfère savoir où je mets les pieds, parce que ce gus me paraît un tantinet dangereux. Je voudrais pas avoir des emmerdes.

Pendant ce temps, Robert a habilement amené la barge contre le quai de débarquement, il l'a amarrée et a posé la ridelle au sol. Les véhicules commencent à descendre.

Mon ami n'a pas changé. En short, avec ses jambes bronzées légèrement tordues – un reste de sous-alimentation, rare chez les Indiens –, un polo *Coca-cola*, vrai collector de l'âge de ses enfants, des fossettes profondes sur ses joues, un sourire permanent aux lèvres qui s'ouvrent sur « les dents de la chance »… les plus chanceuses que j'ai jamais vues. L'espace qu'il a entre les deux quenottes de devant est impressionnant. Et quand il est énervé, le trou le fait siffler.

« Robert, hou-hou ! »

Je ne peux pas m'approcher parce qu'avec toutes ces voitures qui veulent sortir, évidemment, la première… Les gens qui attendent un parent, un ami, ceux qui veulent prendre le bac dans l'autre sens, les gendarmes qui zieutent, qui viennent, qui partent, les glandeurs patentés, il y a un bordel monstre.

Il cherche un moment qui le hèle, puis m'aperçoit. Sa figure s'illumine d'un grand sourire.

« Russ ! Qu'est-ce que tu fais ? Tu m'attends ? »

Je lui fais un signe que oui, oui, je ne bouge pas avant de lui avoir serré la pogne.

« J'en ai pas pour longtemps. »

Mon regard erre parmi ces belles Créoles qui savent qu'elles sont belles, la tête bien droite, le regard qui ne regarde personne, surtout pas les hommes qui les matent. Fières, fières… Un gendarme du pays, à la retraite, vient me saluer. Un vieux Créole… sympa. C'est lui que j'ai rencontré le premier quand je suis arrivé au pays.

« Tu es Français, et tu débarques de la métropole ? Viens avec moi, tu vas comprendre la Guyane ! »

Il m'avait emmené voir un match de foot, Mana contre Saint-Laurent, au stade de Mana. Celui-ci est situé un peu en dehors du village, juste à côté du cimetière. Il comporte sur toute la longueur une tribune, qui abrite des rayons assassins du soleil. Tout le monde, les supporters des deux agglomérations, se retrouvent dessous. À part les joueurs – ceux-là, je les plaignais de cavaler ainsi en plein cagnard – et les Indiens, qui regardaient le match sur les immenses arbres bordant le stade. Y'en avait partout, perchés comme des gros fruits. Ça m'a étonné. Je m'en suis ouvert au Créole qui éclata de rire.

« Voilà, tu commences à comprendre la Guyane. Les Indiens, ils estiment qu'ils n'ont pas à payer pour un jeu de ballon. Alors ils ne payent pas. »

J'imagine chez nous, ce genre de tricherie ne passerait pas.

« Personne ne leur dit rien ? »

Il secoue la tête.

« Non, ils sont les premiers habitants de ce pays. On dit que l'Indien pense que le monde tourne autour de lui… Et c'est peut-être vrai. »

Ce qui m'impressionna aussi, c'est le boucan que faisaient les deux groupes de percussions situés à l'opposé, des deux côtés de la tribune.

Le Créole m'explique :

« Là, à droite, c'est Mana, et là, à gauche, c'est Saint-Laurent ! »

Les deux confréries, debout, se démenaient comme des diables. L'assistance, dans les deux camps, était composée de Créoles, en grande majorité, mais aussi de Chinois, de Brésiliens, de Coolies, d'Arabes, de Javanais, de Hmongs… J'en oublie sûrement, mais pour moi, ce jour-là, le monde entier était représenté sur ce stade. Mon cœur d'humaniste était heureux, j'avais enfin trouvé un endroit où les hommes pouvaient vivre en bonne entente…

Ouais, ma première leçon !

Le vieux s'éloigne en chantonnant.

Robert me tape sur l'épaule. Une tape délicate, douce, presque féminine. Les Indiens ne sont pas très expansifs. Robert se force un peu pour nous faire plaisir mais il ne peut pas aller plus loin.

« Comment va ? »

Nous sommes contents de nous revoir. Combien de chasses, de pêches ? Et puis, j'ai assisté à la fête de la naissance du dernier.

« Bien, bien… et toi ? Tiens, je t'ai pris de quoi te désaltérer. »

Il prend la bouteille avec un grand sourire.

De près, je vois sur son visage quelques rides qui n'y étaient pas la dernière fois que… Mais je dois en avoir, moi aussi, quelques nouvelles… c'est la vie !

« La femme, les filles ? Et le gars ?

– Tout le monde va bien… »

Il se tourne vers la queue de véhicules bruyants qui s'engouffre sur la barge.

« Tu sais que j'ai encore des voyages à faire jusqu'à midi. Tu m'attends ? Tu manges avec nous tout à l'heure, hein ? »

Sa femme m'aime bien aussi. Elle est kalina, comme lui. Ils sont mariés depuis longtemps.

« Non, je ne peux pas, il faut que je retourne à Saint-Laurent, parce que je… Mais avant, je dois te parler. En fait, j'ai besoin de renseignements, c'est surtout pour ça que je suis venu. Je te promets de revenir, le mois prochain, pour aller à la pêche… »

La pêche avec Robert est une entreprise incroyablement compliquée. Il n'y a qu'une chose, simple à savoir. C'est qu'on revient invariablement sans aucune prise. Il y a toujours des plans, des sauts, des rapides pleins d'acoupas, comme ça !

« Ouais, d'accord. Y'a pas de problème. Alors vas-y ! De quoi tu veux que je te parle ?

– Des Indiens… Tu vois, j'ai un petit problème. Mais, je préfère que tu me dises ce qui te passe par la tête. »

Il se gratte le crâne.

« Qu'est-ce que tu veux que je te dise…

– Par exemple des événements, ces dernières années, qui ont été marquants. »

Il réfléchit un moment, puis son visage s'éclaire.

« Pour nous les Kalinas, et plus largement les Amérindiens, il n'y a eu ces derniers temps qu'une actualité importante.

– Qu'est-ce que c'est ? »

Grand sourire.

« La grande fête début septembre, l'année dernière ! À Awara ! »

Ça me dit vaguement quelque chose, mais…

« Ben oui… Tu te souviens pas ? »

Je ne devais pas être dans les parages.

« Je ne vois pas.

– Eh oui, je crois que tu étais en voyage au Brésil.

– Ouais, c'est ça ! Tu as raison. »

Je suis resté un mois super à Belém. J'adore cette ville, je ne me lasse pas d'y aller dès que je peux.

« Oui, tu n'étais pas là. Eh bien voilà, ici… il s'est passé une chose qui, si elle n'a pas eu de répercussions en France, a eu une extraordinaire résonance chez nous, les Indiens de Guyane. Encore aujourd'hui, on en parle comme une étape dans la relation entre la France et la Nation indienne. »

Et tout à coup, il se met à parler en kalina.

« *Nana inonoli nana kinipinanon iyombo nana isheman…*

– Oui ? »

Inutile, je ne comprends rien. J'avais essayé d'apprendre un peu de vocabulaire avec lui, mais c'est le plus mauvais pédagogue du monde. Il continue :

« C'est Félix Tiouka, tu sais… le président des Amérindiens de Guyane ! »

Ah ouais, je l'ai croisé quelquefois.

Je hoche la tête pour qu'il poursuive.

« Bon, eh ben c'est lui qui, le 9 décembre, a balancé ça en pleine fête, devant le commissaire de la République. »

Il marque un temps pour que je m'imprègne bien de la portée de ses paroles.

« Inutile de te dire que pour certains, ce fut une mauvaise plaisanterie. C'était la première fois qu'en Guyane, un Indien osait revendiquer devant des milliers de gens, officiels compris.

– Mais qu'est-ce qu'il a dit… Et tout d'abord traduis-moi un peu tes paroles. »

Il prend son inspiration…

« Ah oui. *Nana inonoli nana kinipinanon iyombo nana isheman*… Ça veut dire simplement : « À notre terre, nous l'aimons et nous y tenons. » C'était le préambule. Mais il n'a pas dit que ça. Il a refait l'histoire de la colonisation, a précisé que nous tenions les Français comme une nation alliée, mais que ce pays nous appartient toujours. Tu vois un peu…

– Ça a dû faire un sacré bordel ! »

Il secoue la main.

« Tu parles ! Mais il a quand même fini par cette phrase : « Nulle haine n'habite aujourd'hui l'esprit et le cœur des Amérindiens de Guyane, seulement la colère du juste. » Si tu avais vu la tête des petits gendarmes franchouillards, il serait tombé une bombe que ça n'aurait pas fait plus de bruit. »

Ouais, j'imagine. Ici, les Indiens ne font jamais parler d'eux. Ils ne causent aucun problème, ils règlent les différends entre eux.

« Faut dire que vous n'êtes pas trop pour le combat. »

Il rigole.

« C'est vrai, nous avons abandonné le sentier de la guerre depuis bien longtemps. Plusieurs siècles en fait. »

Il finit sa bouteille d'un coup.

« Mais si tu avais vu cette fête, c'était super. Il y avait tout le monde… Toutes nos femmes étaient habillées avec les costumes traditionnels, elles étaient belles… »

Il lève la tête et il faut que je le réveille :

« Hé, Robert, tu dors ? »

Il rigole.

« Non, je pensais à la beauté… Jamais vos mannequins n'arriveront à la cheville de nos femmes… »

Ça, la beauté des femmes, je ne la disputerai à personne. Chacun voit avec propres yeux !

« Oui, la fête… Il y avait, je te l'ai dit, beaucoup de monde. Des touristes, rouges de coups de soleil, avec des bobs ou des casquettes vissés sur le crâne, des hommes politiques créoles, des fonctionnaires de l'hexagone, venus en invités, des gendarmes… Le cachiri coulait à flot. Oui, une bien belle fête. Mais qui a toujours des répercussions, encore aujourd'hui. Y'a des jeunes qui ont pris la relève. C'est vrai que c'est nous, les Kalinas, qui souffrons le plus. Parce que nous sommes les plus exposés. »

Tout ça est très intéressant mais ne m'avance guère.

« Bon, vous avez réussi à vous réveiller, c'est très bien, mais moi, je veux te parler d'un mystère qui me turlupine. »

Il me regarde de son œil sans sourcil.

« Vas-y, je t'écoute. »

Des conducteurs s'impatientent. Tut-tut-tut ! Il lève un bras conciliant et, avec un grand sourire :

« Une seconde, j'arrive ! »

Puis se retournant vers moi :

« Dépêche-toi, ils s'énervent.

– Penses-tu possible que des Wayanas… ou des Wayampis puissent descendre le fleuve et s'installer sur l'embouchure du Maroni ? »

Il réfléchit un bref instant…

« Wayanas, à la limite… mais Wayampis, ça m'étonnerait… »

Il ramasse un bâton dans la poussière et trace le front de mer, le Maroni et le Mana, fleuves parallèles distants d'une cinquantaine de kilomètres.

Il pointe le Mana.

« Là, c'est nous, tu vois ?

– Oui. »

Il tire un trait entre les deux fleuves en débordant largement sur le Surinam.

« Le front de mer et l'embouchure sont le territoire ancestral des Kalinas… »

Il insiste lourdement sur « ancestral ».

« Et, comme tu le sais bien, les Wayanas et les Kalinas ont en commun l'appartenance linguistique. Ils parlent une langue avec des racines identiques. Alors que les Marrons ne font pas partie du même groupe. »

J'en savais absolument rien, mais j'apprends, j'apprends… Il continue son petit discours, en fait je ne le savais pas si calé, il m'épate.

« Mais en tous les cas, ça me surprendrait beaucoup qu'ils émigrent vers l'océan. Qu'ils émigrent, oui ! Il y a de nombreux exemples de tribus qui s'en vont çà et là dans la forêt. D'ailleurs, au départ, nous sommes des peuples migrateurs, alors… Mais qu'ils émigrent par là, non. Alors que nous, les Kalinas, nous avons une forte culturalité tournée vers la mer… hein ? La pêche au large, la forme de nos bateaux qui le permet… et puis le rapport plus étroit que nous entretenons avec la nation dominante. La tienne ! »

Il m'enfonce, en le disant, le doigt dans le ventre.

« Ouille ! »

Il rigole de ma fausse douleur.

« Alors que les Amérindiens des grands bois vivent complètement immergés dans la forêt primaire. De toute façon, des Indiens des grands bois sur le littoral, ça me paraît complètement absurde… Non, en y réfléchissant, ça me semble improbable. Mais pourquoi me poses-tu cette question ? »

Les moteurs ronflent.

« Parce que… Figure-toi que… »

Malgré la chaleur, le laxisme ambiant, les conducteurs signalent leur présence avec plus de force : tut-tut-tut ! Il lève les bras, se tourne vers les tu-tu-tu-teurs :

« Oui, oui, on arrive ! »

Il m'envoie une tape sur le bide.

« Bon, j'ai pas le temps de savoir, j'ai l'impression qu'on veut que je travaille. Je vais mourir de curiosité !

- Oh, c'était pas vraiment très important, c'est plus une ambiance que je voulais… tu as fait ça impec !

- Bon, alors ça va… »

On se serre la main.

« Allez, passe donc pour une pêche miracle, quand tu veux, je suis ton homme ! »

Et il saute dans sa pirogue.

Je suis encore un moment la manœuvre, puis je finis ma bière et reprends la route de Saint-Laurent. J'irai voir le reste de mes amis de Mana un autre jour. L'important, dorénavant, c'est d'aller rendre compte à mon Américain de mon échec temporaire.

Je pense aux Indiens, à ce que m'a raconté Robert. Qui, en métropole, a répercuté leurs revendications ? Personne !

Nous l'aurions su. Dès qu'un fait dépasse la Guyane et arrive jusqu'à Paris, nous sommes au courant.

Les Indiens ne sont pas très importants aux yeux de l'État. Ils se battent pour retrouver leurs terres, qu'ils continuent de se faire grignoter jour après jour, avec les tentatives de la France pour les « assimiler », pour les amener à se considérer comme Français, pour qu'ils ne parlent plus de « leur pays », de « leurs terres », et ainsi les spolier en toute conscience.

C'est un combat vain, mais qu'ils sont obligés de mener s'ils ne veulent pas se retrouver sans rien, sans culture surtout !

Ça me dégoûte, mais ce n'est pas mon affaire.

La balade sur la route jusqu'à la grande ville est troublée par les gendarmes. Ils ont installé un barrage mobile et me font signe de stopper. C'est peu après le carrefour pour monter à Javouhai, exactement à l'endroit où les sculpteurs Buschi-Nengue (Saramaca, Djuka) vendent leurs artisanats.

Évidemment, ce n'est pas ce qu'on voit de mieux comme art traditionnel. Sur le fleuve, on trouve des choses beaucoup plus authentiques. Encore que… les sculpteurs font quelquefois, pour « plaire » aux Blancs, des choses qui pourraient être taxées par nos critiques de « mauvais goût », mais qui sont de véritables œuvres d'art.

Les fonctionnaires sont tout jeunes, je n'en reviens pas. Ils ne m'emmerdent pas pour mes pneus lisses, pour mon phare cassé, pour tout ce qui ne va pas dans ma caisse. Non, ils se contentent de vérifier mes papiers.

Ce qui est curieux, c'est que, normalement, ils sont postés plus près de Saint-Laurent. Ils sont presque tous les jours au carrefour qui va à Mana.

« Qu'est-ce qui se passe ? Y'a la guerre ? »

Le petit blond qui me rend ma carte grise et mon permis de conduire, qui tombe en lambeaux, reste imperturbable.

« Non, non, circulez, monsieur. Tout est en ordre. »

Je n'arrive pas à en savoir plus.

Étrange. Leur boulot est de contrôler l'immigration. Pas de l'arrêter, non, l'état colonialiste français a encore besoin de cette main-d'œuvre bon marché, mais de la vérifier. J'imagine qu'il y a des quotas et que, quelque part, dans un bureau aux hautes fenêtres sombres, dans un pays pluvieux, un fonctionnaire triste alignera des chiffres, fera une addition et à un moment donné, mais pas avant, il dira :

« Ça suffit ! Le compte est bon. »

Et les gendarmes fermeront les frontières.

Quand j'arrive, il est déjà 2 heures. Je vais directement chez moi. Je suis pressé de prendre une douche. J'ai eu chaud, tout à l'heure, en bagnole. Il faut être fou pour prendre la route à cette heure de la journée.

Ma chemise était collée au siège, j'ai dû perdre une livre.

Quand je monte l'escalier, j'ai un doute. Je marque un infime arrêt, me demandant ce qui ne va pas. Mais il fait trop chaud pour réfléchir, je continue d'avancer. En une fraction de seconde je sais ce qui cloche, ce que mon regard a enregistré, mais qui n'est pas arrivé jusqu'à mon cerveau.

« La lessive… »

Le baquet de lessive est plein d'eau savonneuse. Une chemise de Casimir, je la reconnais bien, est à moitié trempée, à moitié sèche, en dehors. Une manche traîne même par terre.

« Non, Noémie n'aurait pas laissé ça comme ça ! »

Je m'arrête brusquement sur le pas de ma porte. Mais c'est trop tard…

« Maintenant ! »

Ma porte s'ouvre comme par miracle. Une forme me fonce dessus, me propulse violemment dans le trou noir de mon appartement. Je rentre en contact avec un poing lancé contre mon menton.

« Han ! »

Je vois une étoile orpheline qui vient me parler du pays.

« Vas-y, saucissonne-le bien ! »

J'entends des voix qui me rappellent vaguement quelque chose, mais quoi ?

Et je m'évanouis.

CHAPITRE 9

Nous sommes dans un véhicule et je suis enfermé dans une caisse en fer. Il fait une chaleur d'enfer, j'ai mal au crâne et je manque d'air.

« Ouille ! »

Le conducteur ne fait pas attention à ce qu'il transporte, il s'en fout que je me cogne brutalement quand il se paye un nid-de-poule. De plus, je suis attaché, les mains et les pieds.

Tout à coup, mes idées s'éclaircissent, je me souviens de ce qui vient de se passer et je comprends où je me trouve…

« Dans le coffre, ces enfoirés ! Ils m'ont attaché dans le coffre. C'est évident. Putain, je vais crever ! »

Je force avec mes pieds, mais je suis tordu, le corps sur le côté et n'arrive à rien.

Bon, je verrai bien, y vont pas me laisser là des années. À moins de partir sur Cayenne, je ne vois pas où l'on pourrait aller. Et puis, en sentant sur mon dos cette putain de route, nous devons être encore dans la ville. Effectivement, au bout d'un moment, ça ralentit, puis après une accélération rageuse, coup de frein brutal, le moteur est stoppé. Je ne le prendrai jamais comme chauffeur, ce connard !

« Ouaouh ! »

Je suis aveuglé par une lampe forte qui tombe sur mes yeux.

« Allez, sors de là ! »

Je suis empoigné par le col, soulevé et mis à terre. Je regarde mes ravisseurs…

« Ben merde ! »

Celui qui m'a brutalement chopé, c'est le Chauve tatoué. Je suis furieux.

« Enfoiré ! »

Ça le fait rire.

« Super-mignon ! »

Ça, c'est Bébel, et derrière lui, c'est Maria qui se ronge les ongles nerveusement. Nous sommes dans le sous-sol du Grand Hôtel de la Plage, je reconnais, je m'y suis quelquefois garé quand je ne voulais pas qu'on voie ma peu reluisante bagnole sur le parking extérieur. Je proteste.

« Qu'est-ce que vous… »

Bébel m'allonge une droite dans le ventre qui me coupe le sifflet.

« Ta gueule ! Tu causeras quand on t'interrogera ! Pas avant. Allez, le Chauve, monte-moi cette carpette. »

Celui-ci m'empoigne comme un vulgaire sac de pommes de terre et me balance sur son dos. Nous nous dirigeons vers l'ascenseur, ma tête ballote, je vois les jambes de Maria. Malgré la situation, je ne peux pas m'empêcher d'apprécier. Je soulève mon visage pour voir ses yeux, elle met son doigt sur ses lèvres. Bon, j'ai compris. Quand elle est venue me voir, l'autre soir, ce n'était pas en service commandé.

Elle bosse pour son compte.

Je ne sais pas pourquoi, mais ça me fait chaud au cœur.

Ding ! C'est la sonnette de l'ascenseur. On entre dans la cabine, mes pieds touchent la paroi. Je suis tenté de faire une ruade contre le métal mais je me rends compte du peu de chance de m'en sortir comme ça.

Ding ! Nous sommes arrivés.

« Attends. »

Bébel sort regarder dans le couloir si personne ne passe.

« C'est bon, on y va. »

Encore quelques pas sur la moquette épaisse et on entre dans la suite de l'Américain, qui fume, nonchalamment assis sur un fauteuil. Je le vois qui me grimace un sourire. J'ai le cœur au bord des lèvres.

« Nous voilà ! »

Le coup de poing de tout à l'heure et le transport la tête en bas y sont sans doute pour beaucoup. Le Ricain n'est pas seul, deux autres personnages, aussi aimables que lui, sont posés et me regardent avec curiosité. Le Chauve me redresse et me balance par terre. Je me froisse une ou deux côtes mais je moufte que dalle. Celui-là, il ne perd rien pour attendre. Il est inscrit en lettres de feu sur mes tablettes, foi de Russ, il se repentira de ce qu'il vient de faire.

« Alors, monsieur Russ ? Où est le paquet ? »

C'est l'Américain qui m'interroge en me poussant légèrement avec son escarpin. Lui aussi, je lui réserve un chien de ma chienne. Mon regard doit être peu amène car il rit brièvement et me dit :

« Il est très fâché, monsieur Russ ! Qu'est-ce que vous croyez, mon cher ? Que j'allais vous lâcher vingt bâtons comme ça ? Hein ? Allons, donnez-moi donc le paquet. Il n'est pas chez vous, ni chez votre bossman. »

Non ! Ils n'ont pas fait ça ?

« Casimir ? Qu'avez-vous fait à Casimir ? »

Il tire une goulée d'un air gourmand, ses deux sbires matent la scène d'un air impassible.

« Ah, il s'appelle comme ça ? C'est bien… Casimir. Un coriace. Même quand nous avons un peu chahuté sa femme, il n'a rien dit.

– Enculés, vous leur avez fait du mal ? »

Mon cœur bat la chamade. J'ai peur.

L'Américain change tout à coup de ton. Il est glacial.

« Allons, trêve de discours, donnez-moi le paquet ! Dites-moi où vous l'avez planqué ? Vite ! »

Je panique. L'espace d'un instant, il a réussi à me déstabiliser. Je respire profondément, combattant l'angoisse qui commence à monter en moi.

« Je ne l'ai pas, votre bordel de merde de paquet ! Qu'est-ce que vous avez fait à Casimir… et à Noémie ! Hein ? Bande d'enculés ! »

Le Chauve se marre.

« Heu, heu, heu, heu… »

On dirait un débile profond. L'Américain, surpris par ce rire étrange, jette un regard, un seul, à Bébel. Celui-ci rappelle à l'ordre son sbire.

« Ta gueule ! »

Il les tient bien, l'Amerloque, Maria, Bébel… Il reprend, dans son registre onctueux :

« Oui, comment vous dites… Noémie… oui. Il se trouve qu'elle était… faible. Elle est malheureusement décédée. »

Hein ? Non, c'est pas vrai !

Noémie ! Ce n'est pas possible ? Ils n'ont pas pu faire ça ? Pourtant, quand je regarde la face ricanante du Chauve, je crois qu'ils l'ont fait. La rage entre en moi. Une rage que je n'ai pas connue jusqu'alors, tellement forte que je crois que je vais en mourir. Au lieu de ça, je m'entends dire froidement :

« Bon, d'accord, je vais vous mener à l'endroit où j'ai enterré le paquet. Mais vous allez être obligé de me libérer parce que c'est dans un endroit public. »

Je vais les dépecer ! Mais un grand froid est descendu en moi. L'enfoiré sent que c'est un piège, qu'il ne faut pas me lâcher. Je dois être trop calme. Ce genre de mec renifle les gens.

« Ce n'est pas grave, vous allez nous dire où c'est, on ira le chercher, et ensuite, on vous rendra l'usage de vos membres.

Il me prend vraiment pour un con. »

« Pas question. On y va ensemble et quand vous avez votre truc, je file. J'ai pas envie de traîner ici, moi. »

Il me soupèse du regard, fait le tour de la salle. Doit se dire : il me mène en bateau ou pas ? Dans son œil, il cède, je vois que j'ai gagné. Qu'est-ce que je peux faire ? Ils sont nombreux.

« D'accord, laissez-le. »

Bébel n'est pas du même avis.

« Vous croyez ? Méfiez-vous, c'est un méchant... Il va nous jouer un tour de con ! »

Mais l'autre a pris sa décision. T'es trop sûr de toi, camarade !

« Libérez-le ! Vite. »

À regret, le voyou cède.

« Bon, comme vous voulez... »

Bébel fait un signe au Chauve, qui sort un couteau de commando d'une poche de poitrine. Drôlement hiérarchisés, leurs rapports, à ces zouaves. Ça me démange de les asticoter mais je préfère les rassurer, leur faire penser que je suis faible. Quand je sens que mes pieds et mes mains ne sont plus entravés, je me lève, et retombe, comme si j'étais dans les vapes.

En fait, je suis à l'affût.

« Portez-le, il tombe dans les pommes ! »

Le nervi, plus retors, n'est pas dupe.

« Fait semblant ! »

Il me balance un coup de pied dans le dos. Je gémis, mais ne bouge pas. L'Amerloque s'impatiente :

« Allez ! Aidez-le, il reprendra ses esprits dans la bagnole. Bob et Johnny, vous prendrez l'autre voiture, vous nous suivez. »

Le Chauve me prend en poids, comme tout à l'heure, et me pose sur son dos. Mais cette fois, j'ai les mains et les pieds libres, c'est pas pareil ! On sort de la pièce et on file dans le couloir.

Ding ! On entre dans l'ascenseur. Maria et les deux autres mecs sont du deuxième voyage, l'ascenseur est trop juste.

Je suis devant, sur le dos du Chauve, derrière il y a Bébel, qui essaie d'allumer une clope, et l'Américain, qui a posé son flingot sur mes couilles. Il a dit en faisant ça :

« Comme ça, il ne sera pas tenté par des bêtises... Je ne sais pas pourquoi, mais je crois qu'il tient à ces petites choses insignifiantes ! »

Ils ricanent bêtement, servilement. Pauvres minables !

Petites choses insignifiantes ! Je vais te montrer, tête de con, si je n'ai pas des *cojones* d'acier ! Tu vas bien voir, si elles sont insignifiantes, pauvre taré !

En l'espace d'une seconde, je sais ce que je vais faire. C'est juste, mais faisable... De toute façon, je sais qu'ils veulent me supprimer, alors autant tenter le tout pour le tout, j'ai rien à perdre.

Mes mains balancent doucement. À un moment j'effleure les boutons d'étages. Bon, il faut que j'arrive à appuyer sur l'un d'eux. Troisième... second. Quand le prochain balan me fait effleurer les contacteurs, je fais celui qui se réveille, ma main enfonce discrètement l'un de ces cons de boutons du haut.

« Ah, il se réveille, ce pédé ! Il va pouvoir marcher tout seul ! »

Monsieur Smith ordonne :

« Attends une minute qu'on soit en bas pour le poser, on est trop serrés là-dedans. »

Ça y est !

Il faut que les choses prennent tournure.

Ding ! La porte s'ouvre et le Chauve s'avance doucement. Il passe la tête pour voir s'il n'y a personne dans le couloir, comme tout à l'heure.

C'est à ce moment que j'y vais ! Je file une ruade à la hauteur des visages des deux hommes derrière moi. Et je ne loupe personne. Craaaac !

Déséquilibré par mes coups de pieds et par mon poids, le Chauve part en avant. C'est exactement ce que j'avais calculé. Parce que cet ascenseur a un petit défaut de fabrication, je le connais bien, vous pensez, je l'ai payé en partie de ma poche ! Quand on appuie sur un bouton de programmation, il a la fâcheuse habitude de ne pas trop attendre. Si l'on est un peu lent, hop ! Les portes se referment très rapidement et vous remontez jusqu'à l'étage indiqué sans avoir eu le temps de descendre de la cabine.

Pendant que le Chauve essaie de ne pas se casser la gueule en jurant comme un charretier, je vois la porte se refermer sur la trombine de mes assaillants. Finalement, le connard trébuche et tombe.

Il faut que je fasse vite ! Je roule sur le sol sans aucun dégât et je suis déjà debout alors que cet enfoiré essaie toujours de se relever.

Je n'attends pas. La rage me reprend. Une rage qui me fait peur. Je saute sur son dos et tire sa tête en arrière. Il résiste. C'est exactement ça que je veux. Je le repousse violemment contre le sol.

Pong ! Sa tronche heurte le sol avec une violence terrible, il s'évanouit.

Vite, vite ! Je sais que c'est lui qui conduisait tout à l'heure. Je m'agenouille et trouve ses clefs immédiatement. Et comme il n'y a qu'une voiture sur le parking, c'est facile. Je m'élance, mais c'est plus fort que moi :

« Enculé ! »

Je shoote dans sa tronche. Je résiste à lui en mettre une autre.

Et j'y vais. Je sais… Je ne suis pas vraiment fier de ça… mais je n'en ai pas honte non plus !

Je cavale, et dans mon dos, j'entends divers bruits. L'ascenseur semble être pris d'assaut par une troupe de spadassins. Ça crie de partout, j'entends dans les escaliers de service un barouf d'enfer. Décidément, on tient à moi !

Je grimpe dans la caisse, genre Espace, et je mets le moteur. Il s'emballe, quand j'aperçois du coin de l'œil que la porte de service commence à s'ouvrir. Je fonce dedans.

Blang !

Je ne sais qui était derrière, mais il va être mal dans ses pompes pendant quelques jours. Je l'ai écrasé contre la porte. Je continue ma course vers la sortie.

Un des Américains surgit devant moi et se met en position de tir. Je n'aurai jamais le temps… Mais tout à coup, sur ma droite, surgit un véhicule qui me masque au tueur. J'ai le temps de voir un couple de Blancs, la cinquantaine, le type a été surpris de ma venue sur lui et semble m'engueuler. Il ne voit pas le mec, là-bas, qui…

Ta, ta, ta, ta… Sa vitre se brouille, ça commence à canarder.

Je suis déjà sorti du garage… mais j'ai eu le temps de voir une grande éclaboussure de sang dans la bagnole qui a fait écran entre eux et moi, et d'entendre un grand… blang ! Comme une voiture qui s'écrase contre un mur.

J'espère de tout cœur que ce n'est pas grave, que les deux personnes ne sont pas trop gravement atteintes…

Casimir, Noémie, Casimir, Noémie, Casimir, Noémie, Casimir, Noémie… Je ne vois plus rien tellement ça cauchemarde dans ma tête.

Les sales cons !

J'espère, je prie pour que tout ceci…

Casimir, Noémie, Casimir, Noémie, Casimir, Noémie, Casimir, Noémie… Leurs prénoms roulent dans ma cabesse.

Je m'engueule :

« Pourquoi ai-je marché dans cette histoire ? Hein ? »

Des gendarmes me font signe de m'arrêter. Je fais mine d'obtempérer mais j'accélère brusquement et percute une espèce de bitte qui empêche les automobilistes d'aller plus loin. Enfin, théoriquement, parce que moi… je passe !

Ils en restent cois. Le képi en forme d'interrogation, ça ne doit pas leur arriver souvent !

Puis brusquement, ils réagissent… Sifflets stridents, directifs. Je n'en ai cure.

Ça y est, la cavalerie va me coller au train. C'est pas mal… comme ça, ils vont me couper de ces Ricains de mes fesses ! Nous dépassons en trombe la boulangerie-pâtisserie-glacier-salon-de-thé, *Chez Marius et Jeannette*… Je tourne, je retourne, je passe devant le cinéma *Le Toucan*, tourne à droite, à gauche… Pin-pon, pin-pon, pin-pon, pin-pon !

Casimir, Noémie, Casimir, Noémie, Casimir, Noémie, Casimir, Noémie…

« J'arrive ! »

Je fonce, fonce…

« Merde ! »

Je ne les entends plus… Ou plutôt, les coups de sifflets sont partis à droite… Je n'entends plus qu'un petit… pin-pon, pin-pon, pin-pon… Sans faire exprès, j'ai réussi à les semer. Ils ne sont plus derrière moi !

Pin-pon, pin-pon… Ils ont dû prendre de l'autre côté.

Pin-pon… Je gueule :

« Les cons ! Ils sont archi-nuls ! »

C'est stupide, j'aimais bien qu'ils me fassent une petite haie d'honneur ! Les autres auraient eu une salutaire peur et m'auraient lâché les baskets, parce que… Pourvu que…

J'arrive devant chez moi… Une impression de fin de monde. C'est le linge à demi sorti de la cuvette, un air d'abandon. Comme si on avait tout arrêté en cours de vie ! C'est peut-être d'ailleurs le cas !

Je n'ose pas monter. Je me demande ce que je vais trouver là-dedans. Casimir ! Ils n'ont pas dit que Casimir…

Je bondis jusqu'à l'escalier et m'apprête à grimper, mais je stoppe brusquement. Je viens de penser aux armes planquées dans la citerne. Il y a là un fusil à pompe, acheté au Surinam, et un pétard ayant appartenu, paraît-il, à un préfet.

Toute une histoire, ce pétard ! Des Brésiliens, camés jusqu'aux dents, avaient décidé de rejouer l'attaque de la diligence par les frères Dalton. Ils ont fait les choses en grand. Ils ont abattu un arbre et ont braqué la première bagnole qui arrivait.

« Haut les mains ! C'est un hold-up ! »

Manque de bol, c'était le préfet ! Il venait en commune voir ses administrés. Bon, puisqu'ils en étaient là, et ne sachant pas vraiment ce qu'est un préfet de la République, les méchants voleurs le délestèrent du pognon qu'il avait dans son portefeuille en croco… et du pétard qui dormait tranquillement dans le vide-poche.

Un sommeil qui n'aurait jamais dû être troublé.

En effet, son chauffeur, homme tendre et pacifiste, avait complètement oublié qu'il y avait là une arme qui aurait pu lui servir à défendre son patron. Ou peut-être a-t-il fait exprès de l'oublier. En tous les cas, moi, j'aurais oublié… mais j'ai mauvais esprit.

Quoi qu'il en soit, à peine eurent-ils relâché leurs victimes que trois hélicoptères du GIGN survolèrent le site de la malfaisance et tournèrent autour de la bagnole des voleurs qui, paniqués, ouvrirent le feu. Bilan : un mort, deux blessés graves, et le dernier condamné à perpète… Heu… les blessés et le mort, tous chez les voleurs, bien sûr. Faut pas rigoler avec les préfets en balade à la campagne ! Ou aux champs…

Et comment ce pétard se retrouve dans la cachette aménagée par Casimir, ça… c'est mystère et boule de gomme !

« Patron, des fois, c'est sage de ne pas savoir !

– Mais quand même… il n'est pas venu seul, comme ça ? »

Regard malicieux.

« Hé, qui sait ? Nos dieux sont imprévisibles… »

Donc, il y avait ces deux armes planquées et je décide de les prendre, car je ne sais pas du tout ce que je vais trouver là-dedans. Pas de folie. Je redescends doucement l'escalier et ouvre la citerne. La trappe ne grince pas, je sais que Casimir l'a huilée y'a pas très longtemps. Les armes sont là, entourées de chiffons dans la graisse. Les cartouches sont à côté. J'essuie minutieusement les engins de mort et mets les cartouches dans leur logement.

Je glisse le pétard dans mon pantalon et prends le fusil à la main.

Clac ! La culasse fait, me semble-t-il, un bruit qu'on a dû entendre de l'autre bord du fleuve. Voilà, je peux y aller. Mais je décide plutôt de faire un tour chez mon ami, au rez-de-chaussée. La porte est entrebâillée, je la pousse du pied, l'arme fermement tenue en avant.

« Y'a quelqu'un ? »

J'ai entendu un gémissement.

Personne ne répond, j'entre. Un homme est là, agonisant.

« Maxou ! »

J'ai du mal à reconnaître l'ancien militaire tellement les fous qui l'ont tabassé y sont allés de bon cœur. Il a un œil qui est sorti de son orbite et qui pendouille. L'autre est crevé. Il lui manque deux doigts à la main gauche, ses deux genoux sont en bouillie.

« Merde ! Maxou ? »

Il ne répond pas, il est en train de claquer. J'ai conscience que je ne peux rien faire pour lui et une pensée obsédante me taraude.

« Noémie ! »

Tout à coup, j'entends le moteur d'une grosse bagnole qui s'approche. Je suis sûr que c'est les autres qui rappliquent. Je laisse le mourant et cavale chez moi sans regarder derrière. J'entre en ne prenant aucune précaution, je ne peux pas, il faut que je sache immédiatement ce qui est arrivé.

C'est Casimir que je vois en premier. Il est assis, le dos contre le mur. Il ne tourne même pas la tête vers moi.

« Casimir ? »

Il est par terre et ne semble rien avoir. Des cordes traînent à côté de mon sabre comme s'il venait de les couper et de se détacher. Il regarde, hagard, vers la gauche, des larmes inondant sa figure.

« Casimir ! »

C'est la première fois que je le vois pleurer et, à la vérité, c'est aussi la première fois que jc vois pleurer un Buschi-Nengue. Je fais un pas, mon épaule heurte quelque chose suspendu en l'air. Mais ce qui me donne un frisson, c'est son air.

« Non, non… »

Il tend les mains vers moi… Non, ce n'est pas vers moi… Je me tourne plein d'appréhension vers ce que mon épaule a heurté.

« Noémie ? »

Elle ne me voit plus, ne m'entend plus. Elle tire la langue à la vie qu'elle a aimée passionnément, à l'homme qui était plus que son homme, plus que son père…

Ils l'ont pendue devant lui. Sans doute pour lui faire avouer je ne sais quoi… Où était leur paquet de merde…

« Casimir… Je… »

Pendant ce temps, le moteur que j'entendais tout à l'heure s'est rapproché de chez moi. La voiture freine brutalement. Oui, ce doit être la bande de l'Américain. Je m'accroupis pour ne pas me laisser voir de l'extérieur. Il faut que je tire Casimir de devant la porte. Je me tourne vers lui et mes yeux sont arrêtés par son regard.

Terrible !

Il ne pleure plus. Une farouche volonté émane de son faciès. Doucement, très doucement, il déploie son bras droit, me tend la main. Ses yeux descendent vers le pétard que j'ai passé à ma ceinture. J'ai compris. Je lui tends. Il le saisit, en profite pour prendre également le sabre qui traîne à terre. Il chuchote :

« Planque-toi derrière la cloison… et laisse-moi faire !

– Casimir, je… »

Il sent que je vais dire des choses qui vont l'affaiblir. Il me coupe sèchement :

« Tais-toi ! »

Déjà, j'entends les godillots monter brutalement l'escalier, la porte claque sur le mur, le Chauve entre, suivi d'un jeune Américain que je n'avais pas encore vu. Ils sont un peu aveuglés par la lumière vive de dehors. C'est fatal. Mon ami commence à tirer une balle dans l'épaule du Chauve et deux dans le ventre de l'Américain, qui recule sous l'impact et tombe de l'escalier en hurlant :

« Aaaaahhh ! »

Casimir continue de tirer, balle après balle, très rapidement, dans l'embrasure de la porte. Les autres refluent en désordre devant le feu nourri de l'arme de poing.

Clic, clic, clic… Le barillet est vide. Il jette l'arme.

« Russ ?

– Ouais. »

Il ne me regarde pas. Son attention est entièrement tournée vers le blessé. Il a fait exprès de ne pas le tuer. Pourquoi ? Peut-être veut-il en faire un échange. Ça ne marchera jamais. Je vais pour le lui dire quand une pensée me vient… c'est évident… Ce n'est pas pour l'échanger qu'il l'a maintenu en vie…

« Fais attention qu'ils ne reviennent pas, j'ai quelque chose à faire ! »

Je m'embusque à l'angle de l'escalier, le canon pointé vers l'extérieur. Le Chauve, qui a pris un pruneau dans l'épaule droite, a laissé tomber son arme. Il essaie de la récupérer. Casimir, le sabre à la main, la pousse du pied. Le salopard regarde le Noir arriver en secouant la tête comme si c'était un cauchemar qui lui tombait dessus et qu'il voulait se réveiller.

Non, connard, ce n'est pas un cauchemar ! C'est bien pire. Il se met à trembler de la tête aux pieds.

« Non, non, non ! »

Faut dire que mon ami est impressionnant, lui ne tremble pas.

« Non ! »

Il attrape l'homme par le col, le regarde dans les yeux et, tout à coup, le Chauve se pisse dessus. Casimir empoigne la ceinture du pantalon, tire à lui…

Il geint :

« Qu'est-ce que vous allez me faire ? J'étais obligé ! Vous avez bien vu ! »

Le ton est larmoyant, insupportable. Mais il n'y a aucune pitié dans les yeux qui lui font face. Dehors, des cris, des exhortations, nous n'en tenons pas compte. Le drame qui se joue là est indépendant du monde qui s'agite ailleurs.

« Hein ? Qu'est-ce que vous allez me faire ? »

La lame s'introduit dans la braguette et remonte le long du pantalon.

« Hein ? Vous n'allez pas quand même… »

Tout à coup, il comprend, ses yeux s'ouvrent démesurément.

« Vous êtes fou ! »

Et à la vérité, je crois qu'il est subitement devenu fou. Je ne l'ai jamais vu comme ça. L'homme pleure, maintenant. J'essaie d'intercéder en sa faveur, il me fait mal.

« Casimir… »

Il me répond, d'une voix douce qui me glace :

« En la pendant, il a dit que ce n'était qu'une sale pute de négresse, qu'elle n'avait que ce qu'elle méritait. »

Là, je sais avec certitude que je ne pourrai rien pour ce pauvre mec. Il pleure de plus belle.

« Non, j'ai pas dit ça ! Vous avez mal entendu ! Pitié, pitié ! »

Tout se passe très vite. Casimir, d'un coup sec, tranche la ceinture, le pantalon. Il arrache le slip. L'homme se retrouve à poil, il empoigne brutalement les couilles et la bite et les coupe net, d'un coup de sabre. Puis il jette les morceaux humains par la porte, vers les assaillants.

Le Chauve ouvre une bouche démesurée et hurle :

« Nonnnnnn ! »

Casimir le chope et le jette dehors.

Tac, tac, tac, tac, tac, tac… Celui-ci est pris par le feu des assaillants, qui supposaient une attaque de notre part. Son corps est renvoyé chez moi avec force. Il s'écroule sur le dos, la face vers les jupes de Noémie.

Dans ses yeux reste l'indicible douleur. Dehors, ils ont dû trouver les morceaux que le Njouka a balancés car on entend soudain des cris, des commentaires :

« Bordel, ils lui ont coupé les couilles !

– Ouais, c'est les couilles du Chauve ! Attends, tu vas voir, je commence à en avoir marre, allons-y ! »

De nouveau, on entend la charge dans l'escalier. Je les attends, le fusil prêt. C'est la silhouette de Bébel que je vois apparaître, je l'ajuste quand…

« Aaaahhh ! »

Un hurlement terrible. Casimir passe devant moi le bras levé. Quand le chef de bande entre, il se trouve face à une montagne de haine qui abat le sabre Hmong sur son crâne.

La lame ouvre l'homme en deux sur dix centimètres. Mais son doigt appuie sur la gâchette…

Casimir tombe à genoux, cassé par la rafale de l'arme automatique. Je plonge à terre, les balles sifflent à mes oreilles. À cet instant précis, j'entends le pin-pon des shérifs.

Le feu s'intensifie, ces barjos savent qu'ils vont devoir faire une retraite dans pas longtemps. En attendant, ça tire dans tous les sens. Je vois une batée que j'aimais bien hachée par les coups. Une batée que Casimir m'avait sculptée et peinte pour un de mes anniversaires.

« Casimir ! »

Il est couché, les yeux tournés vers sa femme. Il sourit.

Tac, tac, tac… Les casseroles volent, les vitres explosent, il sourit. Je m'approche de lui en rampant.

« Casimir, je… »

Il est déjà loin.

« Mon ami. Tu te souviens du Noël sur le Tapanahoni ? »

Si je me souviens… Nous étions partis vers le 20 décembre de Saint-Laurent en amenant tout pour passer les fêtes. C'était mon premier voyage sur le fleuve. C'est Noémie qui réglait tout, qui commandait pour que le moindre détail ne lui échappe pas. Même le tacariste, elle le dirigeait. Faut dire qu'elle connaissait bien le fleuve.

C'est elle qui expliquait d'un geste où il fallait passer, par quel bistoury s'engager, ces déviations du cours du ru qui permettent de remonter les sauts et que seuls les initiés connaissent. Elle assurait pour tout, et pour la cuisine évidemment. Pour le soir de Noël, elle avait préparé du macaque.

Le jour de l'an, les Noirs-marrons du village natal de Noémie, là où nous avions accroché nos hamacs, avaient tiré le canon par deux fois à minuit.

« C'est parce que ces Marrons-là sont spéciaux… Ils ont été enlevés d'Afrique et entraînés pour chasser leurs frères. Les Hollandais leur avaient donné des armes. Chaque fois, à la même période, c'est pareil. Ils ont conservé de cette époque deux couleuvrines qu'ils font péter pour la nouvelle année. Ils les enterrent de nouveau tout de suite après, dans un endroit secret, connu seulement de quelques initiés. Au grand dam des gendarmes et des marchands d'art qui sillonnent de plus en plus le fleuve. »

Nous dormions depuis longtemps quand ils ont allumé les mèches. Dans ces régions, on se couche tôt. Bang ! Bang ! J'ai fait un de ces bonds !

Ensuite, les femmes se sont mises à taper dans leurs mains en rythme, puis les hommes ont suivi avec les tambours, et les danses ont commencé. La fête démarrait.

« Oui Casimir, je me souviens…

– Tu te souviens comme elle était belle ? »

Le sang coule de son ventre, mouille ma chemise.

Dehors, le pin-pon s'est arrêté. Dans la pièce, c'est le grand calme.

« Oui, elle était belle ! »

La première fois que nous nous sommes rencontrés, elle portait un soutien-gorge invraisemblable, comme je n'en avais jamais vu de ma vie. Immense ! Elle avait une poitrine qu'aurait aimé l'érotomane amateur de gros seins – et l'un des premiers défenseurs des femmes – Russ Meyer. Et pour soutenir ces terribles ballons, elle avait trouvé – dans quel magasin ? – un truc avec des marguerites…

Formidable !

Je me rappelle… Je n'arrivais pas à détourner le regard de cette prairie normande. Oui, des seins dignes de récits antiques. Elle, sensible et bien élevée, faisait semblant de ne rien remarquer. Casimir avait le sourire satisfait et fier de l'homme que la vie a comblé au-delà de toute espérance.

« Tu te souviens du soutien-gorge à fleurs jaunes ? Casimir ? »

Oui, il se souvient… mais déjà plus ici, de ce monde. J'esquisse le geste de lui fermer les yeux, et puis je renonce. Qu'il continue de regarder tant qu'il veut sa femme ! Je ne sais pas où ils sont mais s'ils vont engraisser les vers ensemble, ça me fait moins de peine.

« Adieu ! »

Tout à coup, à l'extérieur, une voix déformée par un amplificateur résonne :

« Descendez, là-dedans ! »

Je sursaute, ce n'est pas fini pour moi.

« Levez les mains, jetez vos armes et descendez ! »

Les policiers ont remplacé les truands !

Je suis tenté un moment de sortir et de me rendre. Je suis fatigué, j'ai un gros coup de déprime. Puis je me dis que je ne m'en sortirai jamais comme ça, c'est impossible. Personne ne croira ce récit diabolique, je vais moisir en prison.

Jamais ! Je suis claustrophobe. La taule, j'en mourrai ! Parce que, même si en bout de course on reconnaît ma bonne foi, je vais me taper tout de même de la tôle.

Alors j'agis comme en commande automatique, presque sans réfléchir. C'est vrai que j'ai en moi, depuis toujours, cette facilité, quasi animale, de choisir rapidement dans les situations qui exigent l'urgence.

Quand j'étais enfant, je jouais au ping-pong. C'est un jeu-sport qui demande des facultés d'anticipation extrême. J'en ai gardé le goût du réflexe.

En espérant que personne ne se soit glissé par derrière… Je force sur une plaque de bois qui condamne une ancienne fenêtre, elle s'ouvre sans effort. Je me glisse par le trou pratiqué et me laisse tomber dans une tranchée qu'on ne voit pas de l'extérieur. Pourvu que ma chance dure !

Elle semble.

Je progresse vite m'éloignant le plus rapidement possible de chez moi. Il faut absolument que je gagne la pirogue, là je pourrai passer au Surinam…

Voilà, je suis à un carrefour. Il faut que je me lève pour traverser la route. Un attroupement devant ma maison monopolise l'attention, mais je peux toujours être reconnu.

C'est un risque à prendre ! Je me lève. C'est une foule qui se rassemble maintenant. Je marche normalement, sans me presser… mais sans traîner.

Comme je ne peux prendre ma pirogue ainsi, il va falloir que je me mette à l'eau, de nuit, et plus haut. C'est un plan risqué, mais je n'en ai pas d'autre. Je continue à me promener rapidement, quand je tombe en plein sur ma voisine Mélanie.

« Bien le bonjour, monsieur Russ ! »

La soixantaine tassée, la Créole fait encore bien des ravages dans les cœurs masculins de la colonie. Enfin, c'est ce qu'on dit…

« Bonjour, Mélanie. »

Il paraît même qu'elle se déguise en Touloulou*, au carnaval, et qu'elle danse, bien à l'abri sous ses parures, des danses terriblement érotiques, des biguines, surtout les piqué-piqué, et cela jusqu'à Vaval.

« Alors, vous allez à la chasse ? »

J'ai complètement oublié que je tenais le fusil à pompe de Casimir. Je suis obligé d'inventer encore :

« Oui, justement. Mais pas tout de suite, je vais acheter un peu de couac pour la forêt, je n'en ai plus un grain.

– Venez donc en prendre à la maison, vous savez que cela me fait très plaisir ! J'en ai acheté samedi à Saint-Laurent à une Boni que je connais bien. J'ai confiance en elle, je me sers dans sa maison depuis… longtemps… »

Je sais ce que c'est. Ce qu'elle veut, c'est me tenir la jambe pendant deux plombes. Elle adore cancaner. Quand elle saura qu'il s'est passé un drame et qu'elle m'a rencontré quelques minutes après, elle va s'évanouir !

« Je ne peux pas, j'ai promis à Mélansia d'aller chez elle ! Mais tout à l'heure, je promets de venir vous voir. Nous causerons… »

Son œil s'allume.

« Dans ce cas, je n'insiste pas. Alors à tout à l'heure, mon cher, je vous attends avec impatience. »

Je poursuis ma route, en maudissant les vieilles pies qui n'ont rien à faire que d'emmerder les présumés assassins sur la route de leur fuite. En attendant de me mettre à la flotte, où pourrais-je bien me planquer ?

Si je pouvais… Pourquoi pas ? Il y un énorme manguier au bord du fleuve, après le virage. Si personne ne me voit y grimper…

Je marche d'un bon pas sans rencontrer personne. Arrivé au virage, je me mets à cavaler. Je vois l'arbre. J'espère que je sais encore monter dessus !

Celui-là est particulièrement beau. Les premiers mètres ne sont pas durs, les nœuds me permettent de me hisser à une hauteur respectable. Je n'ai vu personne m'observer, il faut que je monte encore. Courage, Russ !

Je suis en nage et très fatigué, mais quand j'arrive, la vue est magnifique, je suis à l'aplomb du fleuve. Si je décide de plonger, se sera dans la flotte.

* Pendant le carnaval de Guyane, les femmes se déguisent avec masques, cagoules, gants et robes magnifiques, à minuit, elles sortent en groupe et ce sont elles qui invitent à danser les hommes très souvent inquiets.

C'est déjà ça !

En attendant, ça s'agite drôlement dans le coin. Ambulance, flics, gendarmes… la foule… les commentaires doivent aller bon train.

Je me cale sur une branche qui tient mon dos bien droit et je m'endors.

CHAPITRE 10

« M'sieur, hé, m'sieur !

– Hein ? »

Déséquilibré, dans le noir complet, j'ai failli tomber. Où suis-je ? Quand je me rappelle, je manque encore me foutre la gueule en bas.

« Merde ! Qui c'est ? Hein ? »

C'est vrai, je suis sur un arbre et Casimir est mort. Sa femme aussi, et Maxou, et… bordel ! Je suis dans une vraie mélasse !

« C'est Claudia.

– Qui, Claudia ? »

Je perçois dans le noir une silhouette découpée par la lune.

« Claudia, de Mana, à l'école… »

Une enfant.

« Vous ne vous souvenez pas ? Vous nous aviez fait dessiner ce qu'on se souvenait de notre enfance, et moi… »

Ça me revient d'un coup.

« Claudia, oui ! »

Une petite Coolie. Réfugiée de la guerre au Surinam. Une gosse qui m'avait impressionné. Elle avait perdu toute sa famille… Une bombe. Elle avait pris sa petite sœur par la main et elle avait traversé tout le pays en feu jusqu'à la frontière. Puis elle avait réussi, personne a pu lui faire dire comment, à se faire amener de l'autre côté, du côté français, et là, les deux fillettes avaient continué jusqu'à Mana. Elle savait que la sœur de sa mère habitait ici avec son mari et qu'ils venaient d'obtenir la nationalité française.

Elle avait huit ans et ne connaissait que sa langue natale.

Quand je suis parti, elle parlait parfaitement le français. Une force de caractère peu commune planquée derrière deux joues pleines, des yeux ronds noirs insondables, de longs cheveux presque bleus, raides, qu'elle coupa très vite à la garçonne. Je n'ai jamais su quel âge exact elle pouvait avoir. Je me souviens…

Un jour, je les avais fait travailler sur la mémoire. J'ai regretté.

Son dessin était celui du chaos, de la guerre, de l'inconséquence des adultes, de la folie des hommes. C'est la seule fois où je l'ai vue pleurer, je n'ai rien su faire pour tarir cette eau.

« Oui, Claudia, je me souviens parfaitement de toi. Qu'est-ce que tu fais là ? »

Elle tortille une mèche de ses cheveux.

« Nous habitons Saint-Laurent maintenant. Mon oncle a ouvert un restaurant. Moi, je sers le soir quand j'ai fini mes devoirs. Je suis payée pour ça. »

Elle ajoute fièrement :

« J'ai déjà 1 400 francs. »

Hé ouais ! On n'attend pas la fin des études pour se mettre au boulot quand on est une petite orpheline et qu'on en veut. Car elle est drôlement déterminée, la gamine ! Il y en a qui auraient baissé les bras. Pas elle !

Mais ça ne veut pas dire qu'elle ne va pas payer un jour. Et d'ailleurs, n'est-elle pas déjà en train de payer ?

« Et l'école ?

– Je suis troisième de la classe. Et toujours première en arts plastiques. Monsieur Bonnet, il est bien, mais il n'est pas aussi bien que vous. Pourquoi ne voulez-vous plus être instituteur ? »

Le ton est plaintif, presque revendicatif. Les larmes me viennent aux yeux. Je n'ai peut-être pas tout perdu dans la vie, pas tout loupé !

« Je ne peux plus faire ce travail parce que… »

J'ai failli lui dire que les hommes ne me voulaient plus, mais ce n'est pas vrai. C'est moi qui n'ai plus voulu de ce système.

« Je ne peux plus faire ce métier, je ne suis pas fait pour.

– Moi, je trouve pas. »

Elle tranche avec l'inconscience et la sûreté de son âge. Bordel, pourquoi je m'émeus comme ça, moi ?

Je préfère changer de sujet.

« Et la question n'était pas qu'est-ce que tu fais à Saint-Laurent, mais plutôt, qu'est-ce que tu fais dans cet arbre ?

– Et vous ? »

Je soupire.

« Évidemment. Mais j'ai posé la question avant toi, alors tu dois me répondre la première. »

Elle gratouille la branche qu'elle étreint.

« Oui, c'est vrai. Eh bien, je partais pour la piscine, je regardais le vol d'une buse dérangée par un singe… et voilà que ce n'était pas un singe, mais un homme blanc. Vous ! Je vous ai reconnu tout de suite. »

Elle arrête de parler.

« Alors ?

– C'est à vous maintenant de me dire. »

Moi, je ne joue pas, petite… Et puis quoi lui dire… Qu'on va m'accuser de tous les maux, que je ne pourrai jamais me disculper, hein ? Quoi dire ? Alors je me tais.

Nous regardons l'autre côté du fleuve, vers le Surinam. Le port s'appelle Albina et n'a pas beaucoup de charme. Par contre, j'aime bien le pays et la capitale. Je rêve.

Drôle de petite fille, pourquoi est-elle montée me voir ?

C'est elle qui rompt le silence.

« On dit qu'il y a eu un massacre chez vous. »

Ouais, c'est normal qu'elle sache. Qui ne sait pas à Saint-Laurent ? Je ne réponds pas.

« Mais moi, je ne crois pas que c'est vous qui avez fait tout ça.

– Pourquoi ? Ça pourrait…

– Non ! Je le sais. Je vous connais. »

Je souris. Elle me connaît…

« Alors, quand je suis revenue de la piscine, j'ai appris ce qui s'était passé, monsieur Casimir, madame Noémie… plus tous les autres. J'ai compris que vous étiez dans la difficulté. Alors, comme je sais ce que je vous dois, j'ai pris mon argent, je l'ai séparé en deux, et… voilà ! »

Elle fouille dans son tablier et me tend une enveloppe. Je ne la prends pas.

« Qu'est-ce que c'est ? »

Elle reste la main tendue.

« 730 francs, juste la moitié de mon argent. On partage. »

Bon Dieu !

« Tu es folle ! Je ne veux pas de ton argent ! C'est quoi, cette histoire ? »

Les mots me manquent, ça m'énerve. Je me mets en colère.

« Pourquoi veux-tu jeter ton argent par les fenêtres ? T'en as en surabondance ? Hein ? C'est trop facile à gagner ? Combien de soirs as-tu travaillé pour ça ? Hein ? Combien ? »

Elle reste toute droite, la main tendue, et ne me répond pas. Je suis épuisé, je me tais. Alors doucement elle chuchote :

« Monsieur Russ, je sais ce que vous avez fait… Je sais tout… Pour les cahiers, les crayons, l'ardoise, les livres, les stylos, les cartables, les vêtements, les tabliers, les chaussettes, les souliers, tout… Je sais tout. J'ai fait semblant de dormir. »

Elle rit fièrement, comme si elle m'avait fait un bon tour.

« Ce soir-là, vous croyiez que je dormais, mais je faisais semblant. J'étais inquiète de ce qui allait nous arriver, à ma sœur et à moi. Je ne parlais pas encore bien le français, mais ça ne fait rien, j'ai tout compris quand même. Et ce que vous avez fait ce soir, c'est… il faut que vous preniez cet argent. »

Bon Dieu ! La fine mouche !

Elle ne dormait pas. Oui, c'est vrai, j'avais fait ça. Oh, ça m'avait coûté quoi ? Hein ? Rien du tout.

Rien, je vous dis. En plus, c'était de l'argent sale, de l'argent gagné… Ne parlons pas de ça. Le problème posé était très simple. Dans leurs écoles, ici, les enfants doivent porter les vêtements de même couleur pour, paraît-il, qu'il n'y ait pas de différences, que tous les enfants se sentent pareils. Bleu en bas et blanc en haut.

En Guyane, c'est comme ça !

J'avais crié :

« Démagogie ! »

Parce que les gamins riches arrivaient avec des souliers et des vêtements de marque, la sélection était de toute façon encore plus visible.

« Oui, démagogie, bordel ! »

Mais autant pisser dans un violon. Quand la conscience se contente de la peau des choses, c'est encore plus grave… quand on l'ignore totalement. Et puis, il y avait cette petite qui arrivait avec une histoire terrible, une histoire qui m'avait brisé le cœur, comment écouter ça et rester de marbre ?

Oui, comment ?

Il fallait absolument faire repartir la machine. Mais il n'y avait plus de parents, et je ne pouvais m'y substituer. Et pas un sou dans la nouvelle famille d'accueil. La tante, l'oncle, je les connaissais, c'étaient de braves gens, avec deux filles du même âge que Claudia. Ils ne pouvaient pas assurer pour tout le monde. C'était normal qu'ils pensent en premier à leurs propres filles. Les petites orphelines allaient perdre au moins une année scolaire en entier.

Déjà qu'elles ne parlaient pas un mot de français ! Pour elles, l'école était une porte d'intégration complètement nécessaire.

Je me souviens des yeux de Claudia quand je l'ai vue pour la première fois. Elle posait sur le monde un regard de confiance éternelle. Oui, des yeux… Deux lacs noirs.

Les musulmans adorent une pierre noire, à La Mecque, qui représente Dieu. Moi, je suis athée, agnostique, un vrai mécréant ! Mais si je ne l'étais pas, c'est dans les yeux de cette fillette que je serais allé chercher le sauveur du monde !

Alors, j'étais allé faire un tour chez un Chinois de Cayenne et j'avais pris ce qu'il fallait, c'était rien.

Je vous jure ! Pour l'argent, c'était vraiment rien ! Quand j'étais allé porter ces bricoles dans la famille, j'avais attendu que les enfants soient couchés, j'avais pensé avoir été discret, mais… apparemment, pas assez…

Claudia redouble de violence.

« Oui, vous devez prendre cet argent ! Si vous ne le voulez pas, je le jette dans le fleuve marron. »

Elle fait le geste d'envoyer l'enveloppe, en dessous. Elle est terrible ! Puis je rigole. Elle est sacrément déterminée.

Je cède et prends l'enveloppe.

« Mais qu'est-ce qui m'a fait une enfant aussi têtue ? »

Elle rit, contente de moi, d'elle…

« Bon, d'accord. On va faire comme ça… Je prends l'argent. D'accord, je le prends. Mais je n'en ai pas besoin tout de suite, je risque de le dépenser dans des bêtises, et pour mes vieux jours, je n'aurai plus rien. Alors, comme je suis prévoyant… je l'investis… et dans quoi je pourrais l'investir ?

Elle m'écoute avec une oreille attentive.

« Alors dans quoi je l'investis ? Je suis un garçon malin, hein ? Je suis malin ? Un gros malin capitaliste.

– Oui… »

C'est un tout petit, mais alors, tout petit « oui ». Je ne dois pas avoir un doctorat de malignité pour elle ! Je ris intérieurement d'être aussi facilement compris par la fillette.

« Alors voilà, moi, je pense, non, je suis sûr que tu vas réussir énormément, dans la vie. Tu vas être chanteuse, comédienne, institutrice, banquière, romancière ou même président de la République !

– Non ! Pas président de la République ! »

Tiens ?

« Pourquoi pas ?

– Il est triste et toujours en colère ! Non, pas président de la République ! »

Je rigole, bien vu ! Au moins, elle sait ce qu'elle ne veut pas !

« Tu vas gagner beaucoup d'argent. Eh bien moi, je veux investir dans ce futur argent-là. Alors, je place cet argent entre tes mains pour que tu le fasses fructifier. »

Elle hésite, mais la tentation est trop forte. C'est que c'est une sacrée somme pour elle, je le sais !

Elle cède.

« Mais comment je saurai où t'apporter ton argent ? »

Je claque les doigts.

« Facile ! C'est moi qui vais te retrouver… parce que tu seras tellement célèbre que ça sera un jeu d'enfant. Je lirai les journaux à l'endroit où l'on parle des gens célèbres et je verrai ta photo, avec ton adresse, ton numéro de téléphone, et je t'appellerai… Allô, Claudia, c'est moi, monsieur Russ, je suis vieux maintenant, et je voudrais récupérer mon argent. Alors toi, tu me diras… bon, tu as gagné des millions et des millions avec l'investissement que tu as fait, et je te fais un chèque tout de suite. Tu es d'accord ?

– Oui, comme ça, oui. »

Elle reprend l'enveloppe et la place dans sa blouse d'écolière.

« Et maintenant, il faut que tu ailles faire tes devoirs. La prochaine fois qu'on se verra, je te demanderai mon argent. Tu me fais un bisou ?

– Oui. »

Et ses lèvres douces effleurent ma barbe naissante.

« Ouille ! Tu piques ! »

Elle réfléchit un moment.

« Tu vas faire quoi ? Tu vas partir te cacher en forêt ? Tu n'as rien pour manger. Tu ne veux pas que je te porte un peu de couac ? »

Pas con, la petite. Je lui tapote le crâne.

« Tu sais qu'il y en a là-dedans ? Tu as raison. Prends-moi un peu de couac que tu mettras dans une touque que tu vas acheter chez le Chinois… avec un sabre. Tu viens le poser au pied de l'arbre et quand c'est fait, tu siffles… Qu'est-ce que tu sais siffler ?

– *La Madelon* ?

– Tu connais *La Madelon* ?

– Oui, écoute… »

Et elle me siffle l'air militaire.

« Parfait ! Tu déduiras l'argent de la touque, du couac et du sabre de l'argent que tu me dois. »

Elle me fait un grand sourire charmeur.

« Du couac, ça… à la maison, c'est pas ce qui manque… et des touques non plus. Je vais juste acheter le sabre, je sais où il y en a du pas cher du tout. Trente-cinq francs, ça va ?

– Bon, allez file, maintenant ! »

Elle me refait un bisou, encore plus chaleureux que le premier, et trace le long de l'arbre.

Et la voilà, vrai macaque, en train de dévaler mon refuge. Je l'aperçois encore filer dans les rues noires, et je pense qu'il y a des jours, comme ça, où les émotions sont trop fortes.

Mon cœur va déborder ! Oui, il va déborder. De joie, de peine. C'est trop !

De temps en temps, des véhicules passent et repassent, écrivant dans la nuit des paysages souvent différents, leurs phares n'étant jamais les mêmes. La gendarmerie aussi s'intéresse au fleuve, ils font de nombreux allers et retours, discrètement… mais qui peut ne pas les voir ? Faut que j'y aille… Quelque part, il y a une fête, les gens continuent de rire, de chanter, de danser, de s'aimer. De la musique cubaine. Ceux-là, tout est prétexte pour la joie. Comme les Brésiliens. Heureux peuples qui ont décidé de ne voir du monde que le sucré. La vision de l'univers est donc possible sans salé ? Ne faut-il pas des deux pour se rendre compte ? Le bien n'est-il pas un avatar du mal ? Ou vice versa ?

Un sifflement enfantin interrompt mes réflexions par trop philosophiques.

Je dégringole jusqu'en bas. Claudia est là, et je la vois mieux, vaguement éclairée par un lointain lampadaire. Et surtout dépliée, tout à l'heure, elle était presque entièrement dans la nuit noire.

« Hé ! Mais tu es devenue une grande fille ! »

Elle rétorque fièrement :

« J'ai onze ans ! Aux informations, on dit que vous êtes recherché. Il y a même une photo de vous qui est passée à la télévision. »

Elle sourit.

« C'est une photo où vous aviez les cheveux longs. On ne peut pas vous reconnaître maintenant. Moi, je vous préfère comme ça… »

Elle tient à la main une petite touque et un sabre flambant neuf. Un grand, destiné à la mangrove. Exactement ce dont j'ai besoin.

« T'es un ange ! Maintenant sauve-toi ! J'ai à faire. »

Elle n'insiste pas et je la vois s'éloigner, se retournant de temps en temps pour me regarder. Quand elle a disparu, j'enlève ma chemise, mon pantalon. J'entoure le sabre, la touque blanche, trop visible sur le fleuve noir, avec mes vêtements. Le fusil, je vais le porter en bandoulière. Je vais mouiller la poudre, tant pis, je ferai sécher tout ça dès que je serai à l'abri.

Entre-temps, j'espère que je n'aurai pas à m'en servir. J'arrache une touffe d'herbe du sable et je la mets sur mes vêtements. Des morceaux entiers de mangrove se détachent continuellement et sont descendus par la force du fleuve. Si quelqu'un voit passer cet équipage, il ne pensera jamais que, dessous, il y a mes petites affaires… Et moi juste derrière.

Je me mets à l'eau.

Elle est chaude, je ne vais pas souffrir du froid. Et la marée est descendante.

Tant mieux !

Si j'avais eu contre moi la marée, je ne crois pas que j'aurais eu la force de la contrer. Quand je pense qu'il y a encore quelques dizaines d'années, les Marrons et les Indiens remontaient le fleuve jusqu'à Maripasoula, ou même jusqu'à l'embouchure du Tapanahoni à la pagaie ! Et ils ne le faisaient pas qu'une fois dans leur vie, il y avait un trafic monstre sur le fleuve.

On ne se rend pas compte mais c'était la seule façon de commercer, de correspondre, d'avoir une relation avec l'extérieur.

Cela a-t-il changé ?

D'une certaine façon. Parce qu'avec les moteurs puissants – j'ai vu des 100 CV et plus –, deux hommes à peine sont aujourd'hui nécessaires, un au tacari, la longue perche dont on se sert pour sonder et amener le nez de la pirogue où il faut, et l'autre au moteur. On peut ainsi remonter chargé de plusieurs centaines de kilos jusqu'en haut du fleuve. Alors qu'avant, une embarcation chargée devait avoir plusieurs rameurs. Ça faisait qu'en plus du temps – des fois une vingtaine de jours étaient pratiquement nécessaires pour remonter jusqu'au premier saut –, il fallait être plus nombreux, jusqu'à vingt rameurs, voilà tout.

Et puis, il y a l'avion qui relie Maripasoula, sur le Haut-Maroni, et Saint-Georges, sur l'Oyapock, et ça, c'est sûrement un changement. Je n'ai jamais fait cette ligne. Un coucou qui vole bas, ça doit être super de voir ainsi la canopée !

En tous les cas, aujourd'hui, la marée est de mon côté. J'ai moins à forcer, il me suffit de me laisser porter tranquillement par le flux qui se dirige vers la pleine mer. Je reste côté berge, le courant est trop violent vers le milieu du fleuve, j'ai peur de me faire emporter.

Quelque chose me frôle…

« Oh, pas de blague ! »

Je réagis rapidement. Je bouge les jambes, violemment, pour que ce qui vient de me toucher comprenne que je suis un gros truc vivant. Que les divers animaux, souvent carnivores, du fleuve, ne pensent pas que je suis du bon bifteck, bien tendre, à se mettre sous la dent.

« Non, non, je suis un vieux truc drôlement duraille… et pas goûteux ! »

Je planque ma tête derrière le bouquet d'herbes pour me cacher des regards qui pourraient m'apercevoir de la berge du fleuve. Un gros scarabée, qui n'a pas eu la présence d'esprit de descendre à temps quand j'ai prélevé dans la nature cette touffe d'herbe, va d'un endroit à l'autre de l'île improvisée, complètement affolé. En fin de compte, il décide de s'installer sur ma tête.

« Bon, reste là ! »

Ça ne me dérange pas, tant qu'il ne possède pas de dard, de poison divers, comme c'est souvent le cas des animaux de ce pays merveilleux.

« T'en fais pas, camarade, nous sommes bientôt arrivés. »

Je commence à voir ma baraque.

Les flics ont tendu tout autour une bande plastique blanche et rouge, empêchant les curieux de passer. Il n'y en a presque plus. À part, et c'est la tuile, un gus que je connais très bien et qui a choisi un banc devant ma pirogue pour s'y reposer.

L'abruti ! Il ne pouvait pas faire sa sieste ailleurs ?

Enfin… s'y reposer… je pense qu'il est plutôt là pour surveiller !

Lucien. Un petit junkie de la bande à Bébel. Ou plutôt l'ex-bande à Bébel, parce que Casimir a bien décapité les têtes pensantes. Si je compte correctement, y'a plus que les sous-fifres, que je n'ai pas vus pour le coup de feu. Mais… ils sont là.

C'est comme une hydre, ça repousse de partout.

L'Américain doit avoir récupéré la direction des opérations. Je me demande ce qu'est devenue Maria ?

Maria ! Je n'ai plus pensé à elle depuis un bout de temps. N'était-ce qu'un feu de paille ? Pourtant, toutes ces nuits où, râlant de rage et de désir, j'ai tourné et retourné dans mon lit, je voyais son visage, et surtout son corps…

Eh bien, je n'y songe presque plus. Faut dire que je n'ai pas eu trop le temps de penser à son anatomie voluptueuse ces temps-ci !

J'ai l'impression que cette aventure de quelques dizaines d'heures a duré plusieurs mois. Et ce n'est pas fini !

Je regarde le jeune homme maigre qui, nerveusement, tapote le dossier du banc, dans le simulacre de quelques percussions de samba. Il est évident que si je sors, que je pousse ma pirogue dans l'eau, que je monte dedans et que je file, il va me voir. C'est impossible autrement !

Et alors ? Je ne peux pas rester *ad vitam aeternam* dans ce fleuve boueux, bordel !

Je suis juste derrière ma pirogue, le cul au ras de l'eau. Doucement, je sors de la flotte et pose sur le banc la touque, le fusil, le sabre. Je ruisselle, mais le sable atténue le bruit de l'eau qui dégouline.

Il n'a rien entendu, perdu dans ses rêves de montagnes de poudre blanche, meurtrière, illusoire… Il me tourne le dos, inconscient de ce qui l'attend. Je saisis délicatement la pagaie. Heureusement, j'avais demandé à Casimir de la laisser dedans… Et l'autre avec ses rythmes merdiques…

Je la lève bien au-dessus de moi et… han ! Je l'abats de toutes mes forces sur le crâne de l'embrumé. Je vais rien arranger ! Il va avoir un sacré mal au crâne, le rigolo amateur de sensations fortes. Il s'écroule sur le banc.

Ne perdons pas de temps ! Je soulève le nez et pousse la pirogue, qui glisse doucement. Ce n'est pas évident, c'est très lourd. Mais je fais quand même une dizaine de centimètres. Je respire un coup, je force… encore un coup. Mes efforts ne sont pas vains, je sens que tout à coup, l'arrière est libre.

« Oh, Lucien ! »

Merde !

Je pousse de toutes mes forces, l'embarcation se lance vers le courant.

« Eh, Lucien, viens donc boire une bière ! »

Je balance mon corps à l'horizontale sur le bord et je reste un moment comme ça, moitié dehors, moitié dedans.

« Lucien, tu dors ? Hé ! »

Ça y est, on m'a vu.

« Hé, les mecs, il est là ! Le Russ ! Il pique la pirogue ! Oh putain, il a tué Lucien ! Oh, les mecs ! »

Je m'assieds sur le banc, sans paniquer, et je rame, je rame avec une énergie que je ne me connaissais pas. Une, deux, une, deux, une, deux…

Je regarde devant moi, je ne fais attention à rien d'autre, une, deux, une, deux, une, deux…

Et pourtant il s'en passe, là-bas, mais je ne fais pas attention.

« Faut pas le tuer, hein !
– Le patron, il a dit vivant !
– Laisse tirer l'Amerloque ! »
Pan ! Je prends la balle dans le bras. Je suis poussé par le choc, presque par-dessus bord. Je décide instinctivement de me laisser tomber dans l'eau. Plouf ! Bordel, je me suis fait allumer ! Il fait noir là-dessous. Il faut que je ressorte derrière la pirogue. Je tâte dans le noir. Merde, elle n'est pas là ! T'affole pas, Russ… Doucement, j'envoie les mains. Rien… Je vais pour abandonner quand je me heurte à la grume.

Ouf, il était temps !

Je passe dessous et je sors doucement la tête. Super, exactement ce que je voulais. Je suis du côté du Surinam, planqué par le bateau. La blessure ne me fait pas mal, simplement mon bras droit est engourdi. J'ai bien fait de tenir et de ramer vers le centre du fleuve. Le courant m'entraîne vite vers l'embouchure. Saint-Laurent est en train de disparaître au fond, je vais pouvoir remonter à bord. Je suis sauvé.

Mais comment faire ?

Je m'agrippe au banc, et tire… mon corps bascule vers le fond. Je reste comme ça, à reprendre mon souffle, je regarde les étoiles. Quand je décide de remonter vers le banc, le temps a passé, car je m'aperçois que je suis tout près de l'île d'Alouha.

Parfait ! C'est là que je voulais aller. Je pense que le nœud de cette sombre histoire se trouve là. Donc je vais dénouer la pelote. Enfin, si j'y arrive ! Et si je me plante, eh bien, le plan n°2, go sur le Surinam, puis le Guyana, et qui sait… peut-être le Venezuela ! Il paraît que c'est pas mal, pour les mecs dans mon genre.

Qu'est-ce que c'est, mon genre ? Allez, fais pas l'innocent, va…

De nuit, avec un seul bras valide, sans Casimir, sans moteur, ça va être coton de retrouver la trouée et d'y accoster, de plonger dans la boue, balancer la touque, le sabre, le fusil et éviter les caïmans. Sans compter que je n'ai pas de hamac pour dormir, pas de moustiquaire… Encore que… heureusement que j'ai fait une bonne action, il y a maintenant quelques années. Et que Claudia m'a vu grimper à l'arbre.

Étrange, le hasard.

Je rigole. J'aime les challenges ! La fièvre commence à me tomber dessus. L'ombre menaçante de l'île m'apparaît tout à coup. Je nage droit dessus, mais en préférant la gauche, légèrement. Je vais y arriver ! Il ne faut pas que je pense à ma fatigue, ni au trou que j'ai sur le côté. Tout à coup, une lueur apparaît entre les arbres. Une lumière brillante, comme une énorme luciole qu'on semble agiter dans un sens bien précis, comme si c'était un message. Ça alors !

Elle m'appelle, me dirige. Contrairement à mon idée, elle semble aller plutôt vers la droite, vers le côté français. Je n'arrive pas à voir qui tient cette torche. Car c'est une torche qu'on porte à la main. On m'indique l'autre passage.

Pourquoi ?

D'accord ! Pris par je ne sais quelle inspiration, la fièvre, je décide d'aller où l'on veut me faire aller. Confiance ! Faire confiance, ça va me changer !

« Allons où vous m'indiquez, l'ami ! »

Le nez de la pirogue racle un instant quelque chose, comme une barre. Une barre que je ressens sur toute la longueur du bateau. Pourvu que je ne reste pas au milieu, bloqué… mais non, je passe. Je crois que c'était un rocher, un haut-fond.

Ben ça alors ! Je suis dans un endroit où il n'y a plus aucune turbulence, plus de courant, rien. Comme si une main avait coupé un robinet monstrueux. La torche, maintenant, me paraît proche, elle ne bouge plus. Emporté par l'élan, je m'en approche doucement. En fait, elle n'est pas si près, mais la nuit est tellement noire ! Entre elle et moi, une rangée d'arbres épais. La pirogue se dirige droit dessus.

Bof, quitte à rester cette nuit dans le bateau… Je ne me vois pas chercher un coin pour pioncer dans cette nuit noire. On verra bien demain. Je suis très fatigué…

Je laisse glisser mon bateau, quand on touchera les arbres, je l'attacherai. Je m'avance vers le nez, pour prendre le bout, me permettant cette opération. Brusquement, au moment où nous aurions dû toucher le grand arbre aux branches tombant dans l'eau… shiiiiiii ! elles s'ouvrent, mues par je ne sais quelle force, en deux parties, à droite et à gauche, m'ouvrant la place.

« Ben merde ! Qui est là ? »

Je passe ma main sur mon visage pour essuyer la sueur qui coule, je me rends compte que je suis brûlant. Mon embarcation avance toujours vers le centre d'un lac calme, grand comme une place. Au fond, la torche attachée sur un pieu semble m'attendre. Un frisson me parcourt le dos. Je n'aime pas ce que je ne comprends pas.

« Ohé, y'a quelqu'un ? »

Personne ne me répond.

J'avance toujours vers la lumière projetée par cette torche enflammée. La résine dégage une odeur d'encens. Je me fais la réflexion que cette odeur ne doit pas plaire aux insectes. Tiens, c'est vrai, il n'y a pas de moustiques !

Pas un. Contrairement à ce que prétendait Casimir, qui ne se trompait jamais. Étrange…

Les Indiens ! Y'a qu'eux pour gérer ainsi la forêt. Pour connaître par cœur cette masse verte. Pour comprendre et décoder cette trame étrange faite de signes ténus qu'il faudrait une vie pour simplement approcher. Oui, les Indiens ! J'essaie de nouveau :

« Ohé, montrez-vous ! Je suis un ami ! Ne craignez rien ! »

L'avant du bateau touche une jolie plage de sable fin. Je reste un moment là à écouter les rumeurs de la forêt proche et à regarder la combustion phosphatique du feu.

Personne ne répond mais quand je descends, j'entrevois un mouvement derrière les premiers arbres. J'essaie encore :

« Je viens en ami ! »

Rien, je suis bien seul.

Je tire l'embarcation au sec, autant que ma blessure le permet et je pose sur le sable le fusil, la touque, le sabre. Je regarde mon bras. J'ai un trou un peu au-dessus du coude. Du petit calibre. Qui n'a rien cassé ! Mais il va falloir que je m'extraie la balle. Ce n'est pas le moment de m'infecter. Je ne vais pas pouvoir aller à l'hosto voir un médecin avant un moment. Ça ne saigne pas, je ne sais pas si c'est un bon signe ou non. Je ressens comme une douleur sourde, pas terrible, mais qui est en train de devenir, d'instant en instant, plus vive.

Et ce serait bien que ceux qui m'ont guidé jusqu'à ce havre magnifique m'aident à cette mini-opération. Parce que seul…

Je tente encore :

« Eh, je suis blessé, j'ai besoin d'aide ! Je vous en prie ! Vous m'avez permis de trouver cette entrée qui doit être secrète, c'est que vous n'avez pas de mauvais sentiments envers moi, il faut que j'extraie une balle de mon bras. Ce n'est pas grave, mais il faut qu'on m'aide. Sinon, je vais m'infecter… Et peut-être mourir ! »

Personne ne bouge.

Bon, je vais essayer de me débrouiller tout seul. À la lueur de la torche, je réunis quelques souches mortes pour faire une belle flambée. Quand j'ai suffisamment de bois, je plonge la torche dedans. Immédiatement, les flammes s'élèvent claires, chaudes.

Je coupe ma chemise en bandes, il va me falloir du linge. Puis, je pose le sabre sur le feu.

Il faut que je mange. Je vais avoir besoin de force. J'ouvre la touque et je souris.

« Brave gosse ! »

Claudia m'a mis du couac, mais elle a ajouté un quart en métal, un bout de viande boucanée et quelques piments-café. Je prends de l'eau et mouille mon couac. Au bout d'une branche, je fais chauffer le morceau d'agouti séché sur la braise.

« Bordel, c'est bon ! »

Je mange avec appétit en regardant rougir le métal de la pointe du sabre. Je me demande si je vais réussir l'opération. Il le faut !

La viande est forte en goût et salée comme il faut. J'alterne un bout de gibier avec un peu de couac. J'ai gardé la moitié de la viande pour demain, il faut prévoir ! Combien de temps vais-je être obligé de rester sur cette île ? Jusqu'à ce que je comprenne ce qui se passe et que je retrouve le gus qui a tout déclenché.

Quand j'ai fini de manger, je lave mon quart, le remplis d'eau et le pose sur le feu, bien calé entre deux pierres.

« On va voir si t'as des couilles, Russ ! »

Ce qu'il me faudrait, c'est un bon verre de rhum. Je rigole.

« Et puis quoi encore ? »

Une jolie infirmière ? Et de la musique douce, et puis surtout une bonne piqûre d'anesthésie ! Quand l'eau bout, je trempe une bande de chemise dedans et le liquide frémit un moment. La pointe du sabre est blanche. Je laisse refroidir tranquillement. Inutile de dire que je ne suis pas pressé. C'est le moment ! Je regarde bien ma blessure pour voir où doit être la balle. Et je me demande, en entrouvrant le trou, si je ne la vois effectivement pas. J'ai perçu comme un reflet métallique…

« Allez, courage ! »

Je bloque solidement le sabre pointe en l'air, et approche mon bras. Je sens la sueur dégouliner dans mon dos.

J'y vais sèchement.

« Mmmm ! »

Je ne crie pas, mais je vois des étincelles. Je sens la pointe qui triture dans le trou. Au bout d'un moment, ma douleur est insoutenable et je retire mon bras.

Gling ! J'aperçois un reflet métallique qui s'éjecte et roule sur le sol. Hein ? Je me baisse et ramasse le bout de métal avec mon bras valide.

Ben merde ! C'est la balle qui est tombée toute seule sur les cailloux. C'est étrange, quand on y pense, comme ça peut paraître inoffensif comme ça… Putain, ça pique !

Ouf, en tous les cas, c'est une bonne chose de faite. Mais je sais que je dois maintenant cautériser. Là, ça va être encore plus coton. Je remets la lame au feu pour qu'elle soit la plus brûlante possible. Elle rougit. J'attends que la pointe devienne blanche.

Je m'accroupis près du feu, j'ai froid. Un singe crie quelque part, là-haut, dans la canopée. Allons-y, courage, mon vieux Russ !

Je sors le sabre et l'enfonce directement dans la plaie. Pchiiiiiiiii !

« Aaaaaaah ! »

Là, je n'ai pas pu retenir un cri. Et je m'évanouis.

CHAPITRE 11

Je ne sais pas vraiment ce qui m'arrive par la suite.

Ce que je sais, c'est que le temps se sépare en deux parties bien distinctes.

Une blanche et une noire.

Soit je disparais entièrement dans un pays sans son, sans odeur, sans lueur, sans toucher, flottant ainsi dans un éther étrange, sans lumière. C'est la partie blanche. Mais je pourrais aussi appeler ça la non-vie. Soit j'ai des cauchemars terribles, agités, forts. Les thèmes sont chaque fois différents, multiples, et j'ai l'impression de pouvoir les faire aller où je veux. Plus exactement, il suffit que je penche à peine à droite pour que le safran de mes rêves m'y dirige franchement. Évidemment, c'est toujours la direction à ne pas prendre. La direction qui me renvoie à ce que j'ai de plus secret en moi, de plus noir, de plus inexpliqué. Des dessins bleu-noir, sans parties molles, qui se transforment en chenilles, entrant dans mon nez, qui me sucent l'esprit. Des aigles qui fondent sur moi comme des fusées et agrippent mon cœur, le cherchent dans ma poitrine. Je hurle, mais ils s'en foutent complètement. Quand ils ont déchiré mon thorax, ils arrachent l'organe et je les vois s'envoler lourdement. Le sang me coule dessus, tombe sur ma figure, et cela, je ne peux le supporter ! Autant quand je suis dans la phase où c'est un trou noir, je ne sens rien du tout, mais j'ai tout de même le sentiment d'être éveillé, autant quand ce sont les cauchemars qui reprennent le dessus, c'est tout exagéré. Je discerne des choses que je n'ai jamais senties. Tous mes sens sont mis ainsi à rude contribution.

Je m'entends crier, hurler, pleurer, supplier :

« Non, pas le sang ! »

Je ne sais pas pourquoi tout ce sang sur mon visage, je me noie dans mon sang… Il y a aussi une araignée monstrueuse qui me poursuit avec des gestes très doux, je sais qu'elle va me faire du mal mais je ne peux rien faire, elle me charme avec un visage de femme très beau. Un visage qui, vu de près, est composé de milliers de minuscules insectes qui, tout à coup, partent partout, pondre, comme les tiques, dans tous les pores de ma peau. Celle-ci se boursoufle horriblement et se déforme. Puis une petite araignée sort, puis deux, puis c'est une ruée… Les rêves épouvantables succèdent aux périodes de mort. Je ne sais pas comment appeler ça autrement. Oui, dans ces moments-là, je ne me repose pas, je ne dors pas, je suis un mort-vivant, un Golem !

Et puis, j'entends des mots que je ne comprends pas… Tout d'abord ceux d'une très jeune femme :

« *Chirámainbae* ! [6] »

Puis une beaucoup plus vieille :

« *Nátamoinháli.*[7] »

La jeune voix semble inquiète, suppliante. La texture est chaude et étrangement maternelle. Je la vois jaune paille, avec des reflets orange virant dans les rouges en périphérie. Une voix qui tourne dans ma tête comme quelque chose d'apaisant, quelque chose que je cherche depuis longtemps.

« *Chirámainbae* ! »

Et la voix âgée reprend comme une mélopée :

« *Chimámêkay boátticana… Chimámêkay boátticana… Chimámêkay boátticana… Chimámêkay boátticana…* [8] »

Il y a un mot qui revient tellement souvent dans les deux voix, et dans une voix plus virile, que j'arrive petit à petit à le dire sans faute et à le répéter sans que rien ne puisse m'en empêcher.

« *Couloúbi* ! [9] »

Mais il y a aussi des sons terriblement agressifs qui mettent mon système nerveux à rude épreuve.

Pendant un moment aussi, je suis dans quelque chose qui ressemblerait à un hammam. Tout est cotonneux, la chaleur, les couleurs, je n'arrive pas à faire le point avec mes yeux. Je reviens en arrière dans ma vie, je régresse. Je crois même avoir crié :

6 - Fais-le revenir !

7 - Il pleure.

8 - Attends-moi…

9 - Esprit malin !

« Maman ! »

Petit à petit, mes cauchemars deviennent des rêves. J'ai entièrement perdu la notion du temps dans lequel j'ai erré avec les ombres dans un territoire interdit aux hommes. Je ne sais pas combien d'heures, de jours je suis resté ainsi mais un jour, j'ai ouvert les yeux et, par une transmutation que je ne saurais expliquer, je suis arrivé dans un monde nouveau.

La première chose que je vois en ouvrant les yeux, c'est un *tukisipan*, un ciel de case très coloré, dans les couleurs primaires, jaune, bleu, rouge. C'est toujours comme ça. C'est la partie ronde, centrale qu'on place au plafond et au centre des abattis, la case traditionnelle des Indiens et des Noirs-marrons. Mais là, ce sont des Indiens… à cause du *tukisipan*, cela fait partie intégrante de leur culture, un peu l'âme de la maison. Ces motifs polychromes symbolisent, je le comprends tout à coup, toute une mythologie. Je vois maintenant ces dieux tutélaires qui, réminiscence de mes cauchemars, m'ont fait si peur et m'ont laissé l'appréhension de les rencontrer de nouveau. Je me sens extraordinairement bien. En fait, c'est curieux, mais je ne me suis jamais senti aussi bien de toute ma vie.

Je suis… délivré.

Pourtant, une fatigue formidable étreint tout mon être. Comme si j'avais accompli un exploit formidable, mon corps est rompu de partout. Mais je suis persuadé, je ne sais pourquoi, que c'est de la fatigue saine, et que mon organisme va se délier doucement. J'essaie de faire bouger mes muscles.

Ils sont douloureux, comme si j'avais lutté âprement. Et c'est sans doute ce qui est arrivé. Tout à coup, je m'aperçois que mon bras valide est entièrement recouvert de dessins bleus, phosphorescents. Des traits géométriques, tracés à la main, mais sans aucune volute, cercle, arrondi, rondeurs. Je pense :

« Des Indiens, oui ! »

C'est aussi ce qui les différencie fondamentalement des Marrons, dont le dessin, lui, n'est au contraire que rondeurs infinies, volutes, enroulements, torsades. Et pourtant, ils vivent ensemble depuis des centaines d'années. La culture a bien entendu « bavé » à droite, à gauche, mais pour l'essentiel, la colonne dorsale, c'est-à-dire le langage secret que nous appelons culture, rien n'a bougé. En tout cas, je suis apparemment tagué de dessins sur le bras, la main et… je ne vois pas le reste. Je pense :

« Formidable ! Une œuvre d'art vivante ! »

Je suis couché dans un hamac, entouré par une épaisse couverture de coton écru. Un feu couve quelque part, je sens la fumée odorante de l'encens. Un visage apparaît devant mes yeux. Un Indien. Vieux, mais je ne saurais dire son âge. Il est entièrement recouvert de traits géométriques formant le dessin. Et tout à coup, je comprends que c'est certainement un de ses pairs que j'ai aperçu dans la nuit, la première fois que je suis venu ici, et qui m'a fichu la trouille.

Son cou, ses bras sont entièrement recouverts de colliers de perles multicolores. Ses cheveux sont noirs, pas un fil blanc dedans. C'est ce qui m'a trompé un instant. Mais le visage, sous les dessins, est strié de milliers de rides, privilège d'un grand âge.

Il a l'œil vif et malicieux, bien que préoccupé.

Je dis bonjour. Mais rien ne sort de ma bouche close. Il m'examine, puis sourit. Il dit :

« *Ha, nirámain éntina, irámapátina* ? [10] »

Ça va être gai si je ne peux pas parler, et s'il me parle dans leur sabir. Je crois que je fais un sourire d'incompréhension. Je crois que… il doit voir un changement quelconque car il me sourit aussi. Il pose sa main vénérable sur mon torse et dit :

« C'est bien, c'est bien… »

Mais il parle français ! Tant mieux, j'essaie de lui demander son nom, mais je n'arrive toujours pas à parler. Ma langue pèse une tonne.

Peut-être suis-je paralysé ? Cette idée, bizarrement, ne m'inquiète pas. J'ai envie de le dire à l'homme :

« Vous savez, si je suis paralysé, ça ne fait rien… »

Sa main sur mon sternum dégage une chaleur incroyable, bienfaisante.

« Doucement, nous avons le temps de parler. Tu as été gravement malade. »

Il hoche la tête.

« Tu es un homme courageux, mais Couloúbi, l'esprit malin, voulait te prendre. Il a fallu combattre. Heureusement, Tamouchi connaît bien Couloúbi, ce n'est pas la première fois que nous nous affrontons. C'est un esprit malfaisant du monde kalina. Autrefois, il aidait les Indiens à travailler. Il les aidait à faire des barrages dans les criques. Il les aidait ensuite à vider l'eau pour pouvoir y attraper les poissons plus facilement. De là vient qu'aujourd'hui encore, il y a

10 -Ah, je suis de retour, non ?

tant de blocs de pierre dans les rapides, des blocs que seul un dieu a pu installer. C'est lui qui les y a posés jadis, constituant ainsi des barrages pour capturer les poissons. Un jour, il s'est disputé avec les hommes... Mais c'est une autre histoire, que je te raconterai un autre jour, quand tu seras remis et que tu pourras m'écouter, je vois tes yeux qui se ferment. »

Il reste un moment silencieux, écoutant les oiseaux gazouiller, puis il reprend :

« Il faut simplement que tu saches que, plein de rancœur contre ceux de notre race, il avait décidé d'installer la maladie dans la plaie que tu as au bras, et que tu avais décidé de soigner tout seul. Mais tu étais trop faible... Alors, Amoïdena t'a vu te battre tout seul, et elle est venue me voir pour me demander de t'aider. Pourquoi fallait-il que je t'aide ? Elle m'a dit que tu avais sauvé son petit singe qu'elle adore... »

Un petit singe ? Qu'est-ce que ça me rappelle ? Ah oui... je me souviens. Le petit macaque ! Il s'était manifestement perdu. C'est quand je suis venu sur l'île la première fois à la recherche de l'homme au paquet. Une grosse branche était tombée sur sa queue, il ne pouvait plus bouger. Je l'ai simplement décoincé et lui ai donné un morceau de banane qui me restait du repas. Il a filé comme une flèche sans me dire merci !

On dirait qu'il lit dans mes pensées car il ajoute :

« Oui, elle t'a vu sortir d'un piège l'animal qu'elle aime. Alors elle m'a dit que pour un Blanc, tu étais bon. Qu'il fallait que je te sauve ! Elle en a tellement fait que j'ai accepté. Moi, je me demande si c'est simplement pour cette raison qu'elle veut te tirer des griffes acérées de ce vieux malin. »

Il me jette un regard où il y a de l'amusement, de la malice.

« Je me demande... hi, hi... si elle ne veut pas t'emmener dormir dans son hamac ! »

Il rit.

« Quand je lui ai dit ça, elle m'a dit que j'étais un vieux lubrique qui ne pensait qu'à ça ! Enfin, elle est arrivée à me convaincre et j'ai tout de suite vu que Couloúbi était entré en toi par tes narines. Certainement quand tu as crié. Tu as dégagé de l'énergie, et c'est à ce moment qu'il s'est faufilé, profitant de ta faiblesse, et surtout que tu étais complètement concentré sur ta douleur. »

Il fait un silence pesant dans cette case, tout à coup. Il écoute l'indicible, secoue la tête. Moi, je n'entends rien.

« Alors nous avons fait les incantations nécessaires, et les femmes ont peint ce qu'il fallait pour le faire sortir. Ça été dur. Il a fallu recourir aux herbes magiques. Nous avons lutté ainsi... »

Il croise ses deux mains et mime une lutte.

« Couloúbi t'a finalement laissé, j'ai gagné. »

Il rit, content de sa prestation. Je lui dis merci, mais il ne m'entend pas, il me voit.

« Il faut que tu dormes maintenant, que tu te reposes bien, avant de pouvoir reprendre ton métier d'homme. »

Il pose ses paumes contre mes yeux. Mes paupières se ferment, quelqu'un me tire vers le bas.

CHAPITRE 12

À mon deuxième réveil, je suis seul. Toujours soigneusement emmitouflé, je ne peux pas bouger un orteil. Ficelé comme un saucisson !

Il pleut, c'est le tagadagada sur les feuilles qui m'a réveillé. C'est une pluie qui ne va pas durer, elle est trop violente. Je n'ai pas froid… ni chaud, ni faim, ni soif. Rien.

Je ne sais pas si c'est le matin ou le soir. Il fait sombre, mais avec ces temps de pluie, on ne peut savoir. À l'instinct, je dirais plutôt le matin, vers midi.

Je sens une agitation sur la gauche, des ombres qui bougent, des odeurs prégnantes, des couleurs qui m'attirent, à moins que ce ne soient des voix… et je tourne la tête pour voir ce qui bouge à la périphérie de mon regard.

Dans la trouée des arbres, je vois une jeune fille en train de peindre le visage d'une autre. Elle est de profil et s'applique. D'ailleurs, elle ne peint pas vraiment. Elle pose son pinceau sur un point déterminé, et ensuite la pointe ne bouge plus. Elle appose le reste en suivant le trait qu'elle s'est fixée. Elles sont assises toutes les deux dans un hamac, en face l'une de l'autre. L'artiste a plié sa jambe droite et une minuscule calebasse est posée sur la jonction de sa cuisse et de sa jambe. De temps en temps, elle y trempe son espèce de pinceau pour prendre de la peinture.

Elles sont entièrement nues, à part un tissu rouge qu'elles portent noué sur leurs hanches étroites.

Une sorte de lémurien joue avec une graine. Il essaie de la ronger, mais elle est trop grosse pour sa bouche. Trop petit, mon ami !

Je vois mal celle qui se fait dessiner le visage, parce qu'elle le garde dans l'ombre. La scène est charmante, respire le calme, la sérénité.

« Tut-tut-tut ! »

Un oiseau chante, il est excité.

Je me laisse hypnotiser par les coups de pinceau extrêmement fins que l'Indienne applique avec une attention maniaque pour finir un carré presque parfait.

Tout à coup, je vois la main de la jeune fille dans l'ombre repousser celle qui tient le pinceau. Et une apparition se soulève de la couche molle, deux yeux noirs, taillés en amande me fixent avec une intensité troublante.

Je repose ma tête dans mon hamac, honteux, comme si j'avais volé quelque chose.

Qui est-elle ?

Je me sens faible, je ferme un moment les yeux. Je perçois, sous le fracas de la pluie, un son très doux, irritant, je mets un moment à réaliser que ce sont des rires féminins. J'ouvre les yeux, les deux jeunes filles sont au-dessus de moi. Elles se marrent, la main devant la bouche, en faisant des petits « Hi, hi, hi, hi… »

Celle qui tenait le pinceau est toute petite, les cheveux courts. Je vois ses minuscules seins dressés vers le ciel. L'autre est plus grande. Elle possède un visage plein de grâce et est plus formée.

Elle aussi rit de moi.

« Hi, hi, hi, hi… *Alloumati ìchibou hueyou…* [11] »

L'autre semble me défendre.

« *Kacàera liem libàtête* ! [12] »

Et même, dirait-on, avec une belle pugnacité. Mais l'autre me regarde en riant de dédain.

« *Kachoucouracàtiti* ! [13] »

Elles se tiennent par la main, se poussent, se tirent… Des gamines !

Quand je pense que j'ai failli prendre cette enfant pour une femme !

Je leur fais un grand sourire… Ça déclenche un véritable raz-de-marée de rires qui les fait s'enfuir au-delà de la maison. J'entends sur le sol de bois leurs pieds nus cavaler pour fuir le drôle de bonhomme que je dois être.

Je me rendors sous le rythme doux de la pluie qui s'installe décidément pour durer.

11 - Visage pâle, soleil blafard…

12 - Il est d'un autre pays où il a une île à lui !

13 - Séducteur !

CHAPITRE 13

C'est le sentiment d'une présence forte qui me fait ouvrir les yeux, une présence qui veut que je la regarde. Pugnacité, volonté.

Elle est là. Un regard qui ne joue pas. Comment ai-je pu croire une seconde que ce pouvait être une gamine ? Alors qu'elle a… tout.

Un regard de femme.

Derrière elle, un spectacle magnifique. La pluie a cessé et monte du fleuve un arc-en-ciel magnifique qui va se perdre dans les montagnes. Elle se retourne pour voir ce qu'a capturé mon regard. Elle sourit avec plaisir et dit :

« Ah ! *Alàboüikêle alàmoulou* ! [14] »

Toujours cette voix étrange, chantée. Que je ne me lasse pas d'entendre, on croirait une musique.

« Bonjour… »

Elle a un petit signe de tête, gracieux.

« *Màboüica…* »

Elle reste un moment indécise, puis comprenant que je ne parle pas la langue qu'elle utilise :

« Ça veut dire… bonjour. »

Je suis heureusement surpris, je ne sais pas pourquoi mais je n'aurais jamais cru que nous parlerions la même langue.

« Alors ça ! Vous parlez français ? »

Elle baisse les yeux, modeste. Elle bute un peu sur les mots, que je devine plus que je ne les comprends, car l'accent, étrange, m'égare.

14 - Arc en ciel !

« Moi, je suis spéciale, pas comme les autres. Je suis allée un peu chez les curés. Les hommes de votre dieu. Compliqué à expliquer. Plus tard…

– Ah bon ! »

On se regarde, je ne me lasse pas de voir ce visage, encore enrichi du fin dessin que l'artiste a réalisé. J'essaie de ne pas regarder vers sa nudité qui me trouble profondément. Pourtant…

« Je m'appelle Russ. »

Je ne lui serre pas la main, tout d'abord parce que je ne sais pas si ça se fait, et puis je suis emberlificoté dans ma couverture.

Elle pointe son long doigt vers sa poitrine.

« Moi, c'est Amoïdena. »

Amoïdena.

Quelquefois, la vie vous fait un cadeau.

Amoïdena. Une peau de soie, des cheveux noirs comme du jais, de longues jambes. Oui, un cadeau. Mais ce n'est pas le seul de la journée. Depuis que je me suis réveillé, je me sens tout neuf. Je ne sais sur quoi était basé le traitement du vieux mais j'ai l'impression d'avoir une acuité accrue.

De tous mes sens.

Par exemple je peux sentir, parmi tous les arbres et les fleurs de la forêt, le fleuve tout proche, l'odeur délicate, subtile, qui émane de cette jeune fille.

Je pense à Süskind. *Le parfum*, ce livre particulier… C'est le premier dont la colonne vertébrale du récit est l'odorat. C'était donc vrai ! On peut donc avoir un odorat aussi développé ?

Quant à mes yeux… J'ai devant moi un spectacle qui briserait immédiatement, et pour toujours, les vœux qu'aurait prononcés inconsidérément un moinillon morose.

Je ne peux pas la toucher, car je suis toujours enveloppé dans la couverture en gros coton, mais je suis sûr que… Tout à coup, une sensation impérieuse retentit en moi, comme une vague déferle sur la grève.

« J'ai faim ! »

C'est sorti malgré moi. Je me sens rougir à cause de mon incorrection maladroite.

Elle rit. Une cascade rafraîchissante un jour d'été.

« Oui, je vais chercher… pour vous manger bien. »

Elle sort, riant encore. Je ne peux empêcher mon regard de la suivre jusqu'à ce qu'elle ait disparu au bas de l'échelle. Gracieuse au-delà de tout.

La case où je suis installé est rectangulaire et montée certainement sur pilotis, car il faut grimper pour l'atteindre. Le toit est en feuilles et tombe des deux côtés opposés jusqu'au plancher. Les deux autres côtés sont ouverts aux vents, sur la forêt d'un côté et sur le fleuve de l'autre. Aucune cloison ne vient casser le rythme de la pièce.

Sur les deux côtés à l'air libre, des perches appuient sur des montants, tous les vingt centimètres, permettant au regard de s'arrêter. Sur une des gaules, un ara est perché. Il ne dit rien, contrairement à tous ceux de sa race que j'ai eu le hasard de rencontrer.

Bleu et jaune.

Amoïdena remonte vers moi, tenant un bol fumant.

« Russ ? »

Je lui souris. Elle s'approche sans affectation, ouvre le hamac, me repousse avec force, et monte avec moi dedans. La couverture s'ouvre légèrement, nos cuisses se touchent. Elle n'a pas l'air de s'en apercevoir, toute à son rôle d'infirmière.

Je frissonne. Oui, sa peau est bien en soie pure tissée par des dieux !

Le bol est en fer noirci au feu, il fume. Elle me regarde sérieusement, me montre le bol.

« Il faut que je dise. C'est amer. Pas bon. Mais il dit qu'il faut que tu manges ça tout de suite. C'est un très grand médecin chaman. Un très, très grand *abàketouti*, oui. *Banâttêti* ! [15] Ouvrez bouche ! Ouvrez ! »

Le ton est comiquement sans réplique. Elle remplit une bonne cuillère et me la met sous le nez. Je parlais de mes sens qui avaient gagné en sensibilité… Eh bien justement, ça sent pas très bon, ce truc-là !

« Heu… »

Elle rit devant mon air peu engageant.

« Allons, vous pas faire l'enfant. Vous un homme courageux ! Vous capable d'enlever balle dans bras ! Bagarrer avec Couloúbi. Alors vous pouvoir manger médicament… Très bon pour vous… Après, vous aller à la chasse, attraper beaucoup gibier, poissons et prendre beaucoup femmes ! »

Je dois faire une drôle de tête car elle rit. Mais ne s'en laisse pas compter.

« Allez, vous ouvrir la bouche. »

Et elle m'enfourne une première cuillerée. C'est terriblement mauvais. Je manque de recracher, mais devant le regard moqueur de la jeune femme, je réussis à déglutir. Mais déjà, il y en a une deuxième :

15 - Docteur, celui qui aide.

« Allez… »

J'ingurgite en silence, je n'ai pas trop le choix. C'est l'idée que je me ferais de la terre si j'avais eu la drôle d'idée de vouloir y goûter. Avec un zeste de poisson pourri, du camembert laissé au soleil…

« Beurk ! »

Une fois fini, je n'ai pas pu m'empêcher de donner mon sentiment. Évidemment, ça la fait marrer. Ouais, c'est une bonne blague, ça. En attendant, il faut que je trouve le bonhomme qui est responsable en grande partie de mon état. Celui qui doit avoir un paquet que je dois retrouver pour sortir de la mélasse où je me suis mis.

« Amoïdena ? »

Elle me regarde sérieusement. Et j'oublie ce que je voulais lui demander. Chaque fois, un frisson me parcourt. Ce n'est pas simplement parce que c'est une belle fille, non… Y'a autre chose que je ne peux m'expliquer, mystérieux, un fil invisible nous relie. Et je crois profondément qu'elle le sait.

« *Àoere* ? Heu, je veux dire oui. *Àoere*, ça veut dire oui. Répétez, s'il vous plaît…

– Heu… *Àoere*. »

Je baille à m'en décrocher les mâchoires.

« Très bien. Vous très bon élève, vous parlez indien bientôt.

– Oui, écoutez, Amoïdena, je voudrais vous dire que j'aimerais bien quand même que… »

Qu'est-ce qui m'arrive, la case tourne sur elle-même… Le visage de l'Indienne se déforme pour ne faire qu'un masque étrange…

« Oui, il faut absolument que je sache ce que… »

Et je tombe subitement endormi.

CHAPITRE 14

C'est l'envie de pisser qui me réveille.

Je suis seul dans la grande maison de bois. Un seul hamac, le mien. Bon… je vais donc me débrouiller comme un grand.

Je crains d'être encore prisonnier de la couverture, mais il n'en est rien. On m'en a délivré. Par contre, je me rends compte tout à coup que mon bras droit, le blessé, est attaché à mon torse par les lianes que j'avais fait bouillir. Il est tout endormi. Quand on n'a pas l'habitude, ce n'est pas facile de descendre d'un hamac avec une seule main. De plus, je suis à poil, et le manque de vêtement me gêne.

« Où ont-ils foutu mon slip et mon pantalon ? Oh, et puis tant pis ! »

C'est le petit matin, les oiseaux s'éveillent, une jolie journée ! Je m'enroule dans la couverture et je descends du carbet. Ça aussi, c'est pas fameux avec son seul bras gauche, droitier comme je suis.

L'escalier est constitué par un tronc d'arbre dans lequel on a taillé des marches. Je m'y engage avec prudence, je me sens encore tout faiblard. Je ne sais pas de quoi la mixture que j'ai avalée était composée, mais ce serait pas mal de la proposer pour anesthésier les malades dans les hôpitaux. Il ferait fortune, le vieux ! Bon, faudrait quand même améliorer l'aspect et le goût !

Je descends vers le fleuve, le soleil apparaît entre les arbres, là-bas. Comment font-ils pour que personne ne sache qu'ils sont là, installés sur cette île, à peine à deux heures de Saint-Laurent ? En plus, ils cultivent, et ils ont des poules…

Je vois un abattis, pas très grand, c'est vrai, mais largement suffisant à une trentaine de personnes. Quinze cases, ça doit faire une vingtaine d'hommes en comptant les adolescents, autant de femmes, d'enfants… à peu près. En tous cas, à vue d'œil, la communauté compte moins d'une centaine de membres.

Je me sens sale. Je pose la couverture et entre dans l'eau, sur la petite plage ; c'est vrai que de l'extérieur, on ne doit rien percevoir.

« Il me manque le savon… Ce serait parfait. »

La petite voix, mi-sérieuse, mi-malicieuse, me répond :

« Il y en a avec moi. J'ai du savon qu'on fabrique nous-mêmes. *Tirichaca*… : savon… Il faut vraiment toi… que tu apprennes. »

Je fais un bond, et me réfugie sous la couverture. C'est elle, entièrement nue. Elle me tend un bloc de terre grise, elle est surprise de ma réaction de pudeur.

Puis elle me sourit :

« Moi, j'ai déshabillé toi. Nous les Indiens, nous vivons comme ça, nus. Je n'ai pas honte de moi. Ni de toi. Il n'y a pas de quoi ! Tu es bien fabriqué. Ton papa et ta maman… et ton dieu n'ont pas loupé leur coup. »

Son regard descend, toujours coquin :

« Il ne te manque rien. Hi, hi, hi ! »

Et toujours cette main devant la bouche, comme si celle-là était impudique.

« Simplement, tu as un peu l'air simplet, comme ça, à vouloir te cacher. »

C'est vrai que j'ai un peu l'air nigaud, avec ma couverture, mais ce qui est fait est fait… Changer de cap en pleine tempête est une erreur.

Nous regardons le soleil se lever sans dire un mot de plus. Je me suis senti, là, à côté de cette femme, bien, en accord avec le diable, qui m'avait si souvent emmené où je ne voulais pas vraiment. Plus tard, quand les lunes et les lunes seront passées, il m'arrivera bien souvent de penser à ce matin-là. Et encore aujourd'hui, maintenant que tout cela… enfin, je me demande encore comment j'ai pu avoir le courage de prendre sa main. Je crois que j'en ai contemplés, des levers et des levers de soleil, mais je n'en avais en aucun cas vu ainsi, et jamais plus je n'en ai vus d'aussi beaux. Les dieux du vent et du fleuve ont bien dû rire de nous voir comme ça, main dans la main, moi avec ma couverture de coton qui me cachait et elle qui n'en avait pas besoin. La princesse et celui qui ne comprenait rien. Je commençais à peine mon apprentissage d'homme.

Quand le soleil fut haut, je lui demandai si c'était elle qui m'avait indiqué le chemin vers la passe magique.

« *Àoere*, c'est moi. C'est moi aussi quand toi, dans le hamac… »

Elle me montre du doigt et rit de moi.

« Tu as eu peur ! Comme une femme ! Hi, hi, hi, hi !

– Oui, c'est vrai. »

De lui dire la vérité la calme. Un moment, j'ai failli être furieux d'avoir été aussi facilement découvert. Elle me dit qu'il faut que je retourne me coucher, que je dois me reposer.

« Demain, je vais enlever l'emplâtre sur la blessure, le pus parti avec Couloúbi. On verra. Sinon, nouveau cataplasme. »

Quand nous arrivons en vue des habitations, je lui lâche la main. Elle est encore surprise de ma réaction. Elle me regarde, mais ne dit rien. Elle me laisse monter le premier et m'aide à réintégrer ma couche.

« Je porter à manger mieux qu'hier. »

J'espère !

Je ne suis pas déçu. C'est un blaff de poisson blanc que je ne reconnais pas, avec le couac dessous. Un couac comme je n'en avais jamais vu, ni goûté. Quand je lui demande… elle me répond gentiment :

« C'est de l'acoupa ! »

Elle me fait manger.

« Tu sais, si tu continues de me faire manger comme un enfant, peut-être je vais rester comme ça, et je ne me lèverai plus jamais pour pêcher et chasser. »

Elle me balance un regard qui me fait vaciller dans mes convictions d'être un homme fort.

« Si tu veux, tu peux rester là tout le temps. Je te porterai tous les jours le manger. Tous les jours ! Jusqu'à ce que je porte enfant… ce serait pas bien. »

J'ai l'impression que je l'ai vexée, et je ne sais pas pourquoi. Je grommelle :

« Je plaisantais. »

Elle arrange ma couverture puis s'en va en courant. Je vois qu'elle pleure. Je n'arrive pas à me rendormir.

Dans la matinée, un bébé se hisse jusqu'à l'étage… Il me tend la main, mais je suis trop loin pour l'aider. J'ai peur qu'il se casse la gueule.

« Ha ! Geu, geu, geu… »

Je lui souris, il me regarde comme s'il n'avait jamais vu d'homme blanc, puis éclate en sanglots. Sa mère vient le chercher en râlant. Elle l'attrape tout de même avec une grande douceur. Elle le gratouille sous le menton et me prend à témoin :

« *Abànneteree* ! *Aboüaragouti* ! [16] »

Je ne réponds pas, évidemment, et après un dernier sourire, elle l'emporte dans son tissu sur sa hanche.

Un homme dans la force de l'âge passe aussi me voir. Il me salue, m'observe avec attention, pendant un laps de temps important, au point que j'en arrive à être gêné, puis il me jette :

« *Kachoucouracàtiti* ! [17] »

Puis, comme il est venu, il s'en va.

Après, c'est la copine de mon infirmière qui vient me zieuter, avec une autre fille du même âge. Celle-là est entièrement peinte sur tout le corps. Elles gloussent comme des dindes parce qu'elles m'ont surpris. J'ai sursauté en les voyant, je devais m'être assoupi.

Je n'arrive pas du tout à communiquer avec elles. À peine essayé-je de me lever qu'elles fuient comme un vol d'oiseaux.

Des vieux viennent décider si j'ai une bonne tête ou pas. À trois. Ils ne sont pas vieux, le terme est bien faible… non, ils ne sont pas vieux, ils sont ancestraux. Je suis bien incapable de leur donner un âge quelconque.

Ceux-là, je les ai entendus arriver de loin. Ils pouffaient comme les jeunes filles. Ils sont montés avec leurs bancs pour être plus à l'aise pour m'observer. Et pour m'observer, ils m'ont observé ! À un moment, un de ces vénérables vieillards montra du doigt ma barbe naissante, ils étaient scotchés par les poils qui poussaient. Puis ils ont commencé à se parler entre eux, et bientôt, j'étais le prétexte. En fait, ils étaient là pour se raconter des trucs du village, sur l'un ou l'autre. Bref, dans la journée, je dois voir tout le village qui, seul ou accompagné, vient voir le drôle de spécimen qui a atterri sur leur île secrète. Les vieux, les vieilles, les hommes, les femmes, les enfants, et même le fou, pas méchant, à qui j'ai fait peur sans vraiment le faire exprès. J'ai eu le tort de lever brusquement le torse dès que je l'ai aperçu. Faut dire que c'était une apparition étrange. Car il est entièrement habillé. Avec les chaussures ! Dès qu'il m'a vu, il a filé en poussant un terrible cri dans la pièce.

Vers le soir arrive le vieux, Tamouchi. Lui aussi a du mal à grimper les marches du tronc, mais lui, c'est la vieillesse. Il grince en marchant. Il s'approche de moi.

« *Màboüica* !

16 - Fils unique ! Trompeur !

17 - Séducteur !

– Bonjour. »

Il est vieux, mais sec comme un coup de trique.

« Il paraît que vous vous appelez Russ ! Nom étrange ! J'ai apporté pour vous médicament. Amoïdena dit qu'elle ne veut pas vous voir ce soir. Elle a pleuré et elle dit… je n'irai pas ce soir. »

Elle a pleuré ?

« À cause de moi ? »

Il hoche la tête. Je proteste :

« Je ne lui ai rien fait ! »

Il m'explique :

« Les jeunes filles indiennes ne sont pas comme les autres. Elles sont mieux. Mais aussi… plus sensibles. Buvez. »

Toujours le même bol en fer.

« Je suis obligé ? »

Il me lorgne de ses petits yeux malins :

« Vous voulez avoir le bras plein de pus ? Il faut qu'il sorte ! *Abàpatou leukê…* [18] »

Je lui fais entièrement confiance, entièrement.

« Non, bien sûr. »

Il me met le récipient entre les mains.

« Alors buvez ! Vous verrez, c'est moins difficile qu'hier. »

Je lui obéis, bon petit soldat. C'est vrai que c'est moins mauvais… Je ne vais pas jusqu'à dire que c'est meilleur, ça non !

« Qu'est-ce qu'il faut que je fasse pour qu'Amoïdena ne pleure pas ? »

Il me regarde comme si j'étais l'idiot du village :

« Je dois vous apprendre comment il faut faire avec les filles ? Je savais les Blancs un peu… enfin, pas très malins. Mais je n'aurais jamais cru que j'aurais à conseiller un jeune homme sur les jeunes filles. »

Il me tourne le dos. Je l'entends encore grommeler bien après qu'il a disparu de mon regard.

« Non, ça, je l'aurais jamais cru, ça ! J'aurai tout entendu ! De mon temps, on n'avait pas besoin de ce genre de conseils. Non… ça alors ! Si j'avais su… *achvakéili* ! [19] »

En pleine forêt, avec des gens d'une civilisation à mille lieux de la mienne, je vois mon grand-père dans cet Indien qui râle après mon manque de discernement. Il ne porte pas exactement les mêmes habits

18 - Le pus ne flue pas, n'a pas d'ouverture.
19 - Oisillon qui bat encore des ailes.

et n'a certainement pas les mêmes loisirs… mais ils ont en commun la même façon de se foutre de ma gueule, et ça… ça me rend optimiste sur notre vie.

Après l'ingestion de la drôle de mixture, je m'endors. Un vrai somnifère, ce truc !

CHAPITRE 15

J'ai de nouveau des cauchemars, mais moins violents, qui durent toute la nuit. Je rêve encore de chenilles, mais plus d'oiseaux. Un moment, je rêve que la jeune fille en pleurs est venue sur moi.

« Pourquoi pleures-tu ?

– Parce que toi partir !

– Mais il faut…

– C'est pour ça que les gouttes tombent de mes yeux. »

Et l'eau ruisselle sur ma face. De la flotte tiède comme le sang, mais il n'y aura pas de transformation. Les cauchemars deviennent des rêves.

Malgré tout, quand je me réveille, le lendemain, je suis trempé de sueur, crevé et déprimé.

Et il pleut encore, une pluie qui, je le sens bien, va durer toute la journée. La matinée passe sans que personne vienne me voir. Je me lève pour aller aux toilettes, qu'une vieille édentée me montre : un trou dans la mangrove. Puis je retourne me coucher sans qu'Amoïdena ne paraisse. Personne ne fait plus attention à moi dans le village.

Un homme évide une grume avec une herminette, une femme, peut-être la sienne, l'observe, les bras dans le dos, une jambe repliée. Plus loin, d'autres *gragent*[20] du manioc. Certaines font la vaisselle dans le mini-lac, avec le sable blanc du fleuve. Une marmite cuit doucement du gibier, une enfant dort dans un hamac, une jeune fille, un bébé sur le côté, récupère le jus empoisonné qui coule de la « couleuvre »,

20 - Broyer.

panier appelé ainsi à cause de sa forme allongée et qui sert à passer le manioc râpé.

Non, personne ne fait spécialement attention à moi. Les gens me regardent, me sourient, c'est tout. C'est comme si j'étais du village, mais qu'on n'ait rien à me raconter.

Et je me mets à l'attendre.

Et elle ne vient pas.

Au coucher de soleil, c'est Tamouchi qui monte en se plaignant, en grinçant, toujours aussi coincé. Il a passé autour du cou un sac sans âge ni couleur. Il est accompagné d'un jeune garçon, très beau, qui porte une bassine d'eau chaude et, posé sur son avant-bras, du coton propre. Sans un mot, il laisse la bassine à côté de mon hamac puis va chercher un minuscule banc qu'il place près de la bassine. Dessus, il plie le coton propre, puis se retire. Levant la main comme un chef sioux de série américaine, le vieil homme arrive devant moi, et me lance :

« *Ough* ! C'est encore moi. »

C'est marrant, un mec de son âge qui fait le clown…

« Bonsoir.

– Encore seul, je déduis donc que vous n'avez pas réussi à calmer gentiment la jeune fille. Pffft ! »

Il me balance un œil qui en dit long sur l'estime qu'il me porte.

« En attendant qu'on mette un peu quelque chose dans votre tête vide de ramier « Trois Occo », sortez-moi de cette couverture, que je complète le travail sur votre bras. J'espère que le pus est définitivement parti. »

Je m'assieds sur le hamac. Il défait les bandelettes qui m'entourent… Mon bras est entièrement teint en rouge. Des fines feuilles d'arbres aux nervures importantes cachent la plaie.

« Qu'est-ce que vous m'avez mis ? »

Le vieil homme grommelle :

« J'ai appris la médecine avec un *boyàicou*[21] vénérable. Un *niboyeiri*[22]. J'avais douze ans. J'ai passé vingt ans de ma vie à l'observer, à apprendre, tous les jours. J'ai étudié des années et des années les animaux, les vents, le fleuve, l'homme, les arbres, les racines, les feuilles, les branches, ceux qui donnent la vie et la mort… J'ai réfléchi sur les bifurcations, les articulations complexes de la nature et de l'homme… la complication de leur tempérament, de leur

21 - Médecin.
22 - Magicien.

fonctionnement, de leur réaction. J'ai regardé l'eau couler goutte à goutte sur les éléments en essayant de comprendre à quoi servait tout cela…

Il rit sèchement et sa voix gronde de nouveau :

« Et tu voudrais que je t'explique ce que je fais ? Mais de quel homme étrange es-tu né pour aspirer ainsi à tant de prétention ? »

Il est en colère, mais il continue de sentir les feuilles qui ont adhéré à mon corps. Puis, une fois qu'il a bien reniflé, il commence délicatement à enlever, feuille par feuille, l'emplâtre.

Je proteste de ma bonne foi :

« Non, non… Je voulais juste savoir ce qu'était, cette matière-là… qui colore mon corps en rouge. »

Il pousse avec son ongle pour décoller le bout de la dernière feuille. Il râle. Il n'a aucune envie de m'expliquer quoi que ce soit, je ne suis pas un interlocuteur assez intéressant. Mais, en traînant les pieds, il me dit quand même :

« Le rocou… ou l'*alacoucéli.* C'est une teinture végétale qui provient du fruit du rocouyer. C'est la raison pour laquelle… – il tapote avec le doigt l'endroit de mon cœur – vos ancêtres nous ont appelés Peaux-rouges. Par la suite, et spécialement sur le bord de mer, ils nous ont nommés Galíbis, Caraïbes de terre ferme. Notre véritable nom était *Callìnagos.* »

Il a mis un tel mépris dans « vos ancêtres » que je ne dis plus rien. Il continue son explication :

« Ça repousse les moustiques et… nous estimons que c'est beau. C'est un artifice pour nous rendre charmants. Comme le maquillage pour vos femmes. »

Il interrompt ses explications pour se parler :

« *Chaboûi nan bàbouli naboüa…* [23] »

Puis il tire d'un coup sec sur la fane.

« Ouille ! »

Il examine attentivement le trou noir de sang coagulé. Je ne crois pas être infecté, la plaie me paraît saine.

« *Àoere*, mmm ! »

Il le renifle, mouille son doigt, frotte sur un peu de sang, jusqu'à ce que celui-ci se dissolve, et goûte.

« Mmmm ! »

23 - Viens un peu, que je te prenne par le poing…

Il réfléchit.

« *Anêtegàali* ! [24] »

Comme si c'était un plat qui doit être encore laissé sur le feu. Il prend le linge propre et commence à laver ma plaie en chantonnant quelque chose comme :

« Hahaha-ha, héhéhé-hé, hahaha-ha, héhéhé-hé… »

Je suis un peu gêné de voir le vieil homme s'occuper ainsi de moi, mais il le fait avec une telle facilité que ça passe très vite. Je suis pour lui demander s'il a été infirmier, mais je m'arrête à temps. Il est fier de son savoir, de sa pratique, je ne suis pas sûr que mon humour de pacotille le ferait rire. Et d'ailleurs, je ne vois pas ce que cette réflexion a de drôle !

Quand il a fini, il ouvre la sacoche qu'il a posée à côté du banc.

« Bon, nous allons refaire cela bien proprement. Comment vous dites… comme un sou neuf ! »

Il rit.

« Ça m'a toujours fait rire, cette expression. Ha, ha, ha ! Comme un sou neuf ! Ha, ha, ha, ha… »

Il me dit :

« Vous ne pouvez pas savoir ce que j'ai eu comme mal à expliquer ce terme à celle que vous connaissez tellement bien que vous la faites pleurer, et à qui je donnais des leçons de français ! Un sou… Les Indiens vivent sans… L'argent est une idée que l'Indien ne comprend pas du tout. Nous vivons plutôt d'échanges, on donne à celui qui ne possède rien. »

Il cherche quelque chose dans son sac, qu'il ne trouve pas.

« Ça alors, où j'ai bien pu le mettre ? Parce qu'il ne va pas tenir tout seul, eh ouais, car nous avons là un jeune *cacouchi*, un *timoule* bondissant ! [25] »

Ses mains desséchées fouillent avec méthode un bordel indescriptible. Du bout des doigts, il effleure les diverses racines, fioles, feuilles sèches, pattes de reptiles… qui composent en partie les trésors de sa trousse.

Je chuchote :

« Drôle de médecin ! »

Il a l'oreille fine…

« Comment ? »

Je murmure :

24 - Il ne s'en faut plus guère !

25 - Termes qui désignent le puma, le jaguar (ou tigre d'Amérique) et, plus généralement, tous les félidés.

« Non, je me parlais. »

Il me balance un regard soupçonneux, puis continue ses recherches.

« Ah, le voilà ! »

Il sort un rouleau de Scotch marron destiné à emballer les colis. Avec un couteau à forte lame, il coupe deux trois bouts en grommelant, moitié en indien, moitié en français. Puis il tire des feuilles séchées d'une enveloppe marron de la sécurité sociale, qui se trouve également dans son sac.

« Avec ça, on va finir le travail... Couloúbi ne reviendra pas. Parce qu'on va boucher le trou. Avec *tachoùracaoni ekéleou.*[26] »

Il lèche les feuilles séchées pour qu'elles adhèrent contre ma peau, puis les colle plus solidement avec le Scotch.

« Voilà, comme ça, il va pouvoir sauter d'arbre en arbre, mon beau macaque immaculé ! »

Il range son matériel et me fixe de son œil sans âge :

« Tu vas pouvoir repartir chez toi. Et laisser nos jeunes filles mourir de chagrin. »

Je ne peux m'empêcher de réagir devant cette pique, certainement excessive. Je vais interroger ce notable de village qui doit en savoir long, parce que je me demande toujours où l'homme à la valise peut bien se trouver ?

« Je suis venu ici parce que j'avais un but. Il fallait que je... »

Il m'interrompt :

« Ça ne me regarde pas. »

Je ne me laisse pas impressionner.

« Oui, mais, pour moi c'est important ! Il faut absolument que je sache où... »

Il ne me laisse pas finir :

« Ce qui est le plus important pour toi aujourd'hui, c'est de te demander pourquoi Amoïdena n'est pas venue te laver ce soir comme elle en avait le devoir indéfectible. »

Le devoir ? Qu'est-ce qu'il veut dire par là, le vieux sorcier ? La jeune fille a un devoir envers moi ?

« Le devoir ? »

Il grommelle, pas content :

« Parce que c'est elle qui m'a supplié de venir te délivrer de tes démons ! J'avais autre chose en tête, je peux te l'assurer ! »

26 - L'herbe qui guérit tout.

Tout à coup, il me vient l'urgence de parler à la jeune femme.

« Où est-elle ? »

Il me montre un point vers le bord du fleuve.

« Dans la mangrove. Nul ne peut la trouver si elle ne veut pas. Évidemment, si elle le décide autrement… nos femmes sont très libres. »

Il rit.

« Ce sont elles qui décident de nos amours. »

Il est marrant, lui.

« Mais comment vais-je faire pour la trouver? Je ne connais pas l'île… Et puis, je ne suis pas encore en pleine forme. Je ne peux pas aller cette nuit… »

Il est vrai que je me sens encore faible. Il m'interrompt. Il est pressé.

« Demain, tu seras entièrement remis… Il fera jour. »

Il écoute la nature, regarde les petits nuages éclairés par la lune, car il fait nuit maintenant.

« Un beau jour ! Et même plus… Si tu veux la trouver, tu la trouveras. Tout dépend de toi, entièrement. Des fois, l'homme arrive devant un chemin qui fait une fourche. Il peut prendre à droite ou à gauche. Et toute sa vie en est changée. Il ne faut pas toujours accuser les dieux pour ce qui nous arrive… Dors, maintenant. Comme je te disais, demain est un beau jour, et si tu veux, tout peut t'arriver ! »

Et sur ces paroles d'un déterminisme optimiste, il me laisse et redescend sur la terre ferme. J'ai su, plus tard, qu'il ne voulait pas s'éterniser car il venait de se marier avec une jeunesse et qu'il était très amoureux.

Ses paroles résonnent encore en moi.

« Tout dépend de toi, entièrement ! »

Petit à petit, mes yeux se ferment. Des pensées tournent dans ma tête, prenant figure humaine.

CHAPITRE 16

Je m'éveille dans une forme terrible, avec un sentiment de plénitude surréaliste, presque une impression de bonheur parfait. La lune, pleine, immaculée, monte doucement dans le ciel étoilé. Elle me glisse, coquine :

« Profite de la vie, mon bon Russ ! »

En me clignant de l'œil.

Il avait raison, le vieux, la journée va être belle ! Le sentiment d'appartenance entière au monde, de fusion à la nature, qui ici n'est pas vaine, me fait ouvrir les yeux. Comme si de dormir appauvrissait cette expérience. Il fallait que je me sorte du noir.

« Mmmm ! »

Qui a dit ça ?

C'est Amoïdena.

Comment a-t-elle fait pour entrer dans le hamac sans me réveiller ? C'est un mystère. Mais elle est là !

Lovée contre mon torse, elle dort paisiblement. Elle a enveloppé de sa main droite ma nuque. Je me sens et prisonnier et libre, je ne sais comment dire. Mais s'il y a prison, elle est douce.

Son corps nu épouse entièrement le mien. Son sein droit s'écrase contre ma poitrine. Ses jambes enchâssent étroitement une des miennes.

Tout à coup, j'ai une envie terrible de la prendre.

Sauvagement !

La voir défaillir, la voir succomber sous mes assauts virils, plier de désir, vaciller de consentement… Mais elle a un air tellement angélique, une figure lisse qui ne respire que la jeunesse… Un air de ne pas encore être entrée dans l'âge tendre où tout ça est nécessaire, et pur plaisir.

« Mmmm… »

Elle gémit et se colle encore plus contre moi. Et je me rends compte que son sexe est posé contre ma jambe. Forcément, après cette constatation, je commence à avoir une érection, chose que j'avais réussi à éviter jusqu'à présent.

Ultrarapide ! En l'espace de rien, il y a entre la jeune fille et moi, un gourdin plein d'amour, peu fait pour m'endormir. Mais en attendant, je suis bien gêné avec mon mandrin turgescent, une partie quasi détachée de moi, qui me fait revenir à mes années adolescentes où je bandais tout le temps, pour un oui, pour un non !

J'ai beau penser à des choses désagréables, à ce qui m'attend, là-bas, dans la civilisation, si je reviens un jour, aux truands qui, arme au poing, pensent à moi, la bave aux lèvres… Non, nul ne peut prétendre que le drapeau baisse d'un iota.

Je regarde le visage lisse de la jeune femme, fermé en elle, mystérieux… Et soudain un sourire de satisfaction naît au coin de ses lèvres. Ses yeux s'ouvrent. Une complicité tendre vient vers moi.

« Russ ? »

La voix chantante tintinnabule…

« Oui… je t'ai réveillée ? Pourquoi… comment… »

Elle pose son doigt sur ma bouche.

« Chut !

– Mais… »

La pression qu'elle exerce avec sa main sur ma nuque s'accentue, je ne peux que m'approcher de sa bouche. Je ne sais pas ce qui va m'arriver et il me revient une sensation que je n'avais plus eue depuis ma première fille… J'ai peur !

CHAPITRE 17

Elle est mollement allongée en travers pour ne pas me tenir chaud. Au milieu de nos ébats érotiques, elle m'a chuchoté des mots qui, dit-elle, ne peuvent s'exprimer qu'en indien. J'imagine qu'elle pourrait rougir, et qu'elle rougit peut-être, si nous n'étions pas en pleine nuit.

Encore que la pleine lune éclaire la clairière comme en plein jour.

Nous sommes satisfaits l'un de l'autre et amoureux. En tout cas, j'ai fondu. Enfin, façon de dire, parce que, dans certaine partie de mon corps, elle m'a plutôt durci durablement. J'ai cru que je ne pourrais jamais me rassasier d'elle.

Elle me montre la lune, qu'on aperçoit dans un trou du toit.

« Tu connais légende du soleil et de la lune qui étaient mariés ?

– Non. »

Une légère pellicule de sueur fait briller sa peau douce, si douce que je ne peux m'empêcher d'envoyer la main au creux de la cuisse, l'endroit où il n'y a pas mieux, où l'innommé trouve enfin sa limite.

Elle emprisonne ma main.

« Autrefois, il y avait un vieil homme… que vous appelez le père Noël. »

Le père Noël ? Devant mon air étonné, elle sourit.

« Eh oui, nous avons, nous aussi, le père Noël ! Il avait épousé une très belle sorcière. Ensemble, ils ont eu une fille, la brune Kali, la plus belle femme des dieux. Là-haut, tout le monde aurait voulu être aimé d'elle. Bien que mariée au dieu Vent, Kali trouvait le dieu Soleil plus attirant que son mari. Le Soleil trouvait lui aussi Kali plus belle que sa femme, la Lune. »

Ça devient compliqué !

« Ils eurent une liaison ensemble, et chaque fois que la Lune les surprenait parce qu'ils avaient oublié la nuit tombante, celle-ci se voilait la face de honte. C'est pour cette raison que quelquefois, nous ne voyons pas la lune. »

Interprétation poétique.

« Mais l'histoire finit mal… Le dieu Vent, son époux, apprit que sa femme le trompait. Alors, jaloux, il châtia Kali. »

Elle me regarde avec intensité, comme pour m'assener une vérité. Elle est jalouse ! Je ris intérieurement. Quelle est la femme qui pourrait m'attirer après elle ?

Elle continue son histoire :

« Elle resta la plus belle du côté de la nuit, pour que son mari en profite, mais devint hideuse le jour, et le Soleil revint à sa femme. »

Elle est amère tout à coup.

« En amour, c'est toujours les femmes qui payent ! »

Je l'aime trop, et comme je ne sais pas quoi dire, je l'embrasse tendrement dans le cou.

« Tu ne pleureras jamais avec moi. Je te le jure. »

Elle tourne la tête, en colère.

« Tu dis ça… *kataboyentibou* ? [27] »

Et ajoute, brusquement triste :

« Tu es venu ici pour faire quelque chose. Quand tu l'auras… tu vas repartir vers autre vie, où Amoïdena n'est pas là ! »

Que me disait le vieux avec son histoire de chemin qui se scindait ? Que dans la vie, il fallait faire des choix ? Moi qui n'avais jamais dû préférer vraiment ou, plus vraisemblablement, qui n'avais pas voulu choisir, je me trouvais cette nuit-là, sous la lune complice, dans un état d'esprit proche de la confiance en moi. Mon amoureuse me faisait m'aimer. Sans me forcer ou tricher, je pouvais lui répondre.

« Oui, c'est vrai. Je suis venu pour trouver quelqu'un. Mais… depuis que je t'ai rencontrée… tout ceci n'a plus aucune importance. Je t'assure. Plus jamais je ne partirai. Oui ! Je reste avec toi pour toujours ! »

La vie sans elle ne pouvait pas exister, j'en étais absolument sûr. Et elle le sentit, car elle ne m'a plus jamais parlé comme ça, avec cette résignation triste. En l'espace de quelques heures, j'avais pris la seule décision grave, l'engagement d'un homme envers une femme.

Je ne l'ai jamais regretté, elle m'a apporté le vrai bonheur.

27 - Pourquoi es-tu ici ?

« Je reste avec toi pour toujours ! »

Elle n'a rien répondu à ces quelques mots, lourds de signification. Elle s'est contentée de sourire et de me serrer fort… Et fatalement, nous avons refait l'amour. Je ne lui demande pas si elle m'aime, mais je le lis dans ses yeux.

Physiquement, entre nous, ce fut extraordinaire.

Les découvertes respectives de nos deux anatomies passaient par nos regards, les sensations épidermiques venaient après, bien sûr. J'étais autant fasciné par tous ses gestes que par la curiosité qu'elle manifestait pour les miens.

On reconstruisait le monde.

Et il était beau, celui-là…

Enfin !

CHAPITRE 18

Le lendemain, nous étions mariés.

« Il le faut !

– Je le veux. »

Les choses comme celle-là, qui nous engagent profondément, sont extrêmement simples dans la forêt. Et au fond, les Indiens ont raison.

Pour que nous vivions ensemble, il faut une chose importante. Un symbole fondateur de dynastie. Le symbole, c'est la maison. Il faut qu'on se fasse une case.

Ils m'ont soigné dans le carbet commun, qui sert de carbet de passage. Lieu d'accueil pour les visiteurs, nous ne pouvons pas vivre là.

« C'est fini, tu es guéri… Et puis tu prends femme !

– Oui. »

Pour moi, c'est la reconnaissance de mon statut de nouvel habitant. Tous les hommes du village vont m'aider à la bâtir.

« C'est normal, ça nous fait plaisir. Et puis, on le doit ! »

Heureusement, je ne pourrais jamais y arriver tout seul.

La charpente, faite en perches ligaturées par des lianes, durera environ dix ans alors que la couverture, elle, devra être refaite tous les huit ans environ. Elle est constituée de milliers de feuilles de palmier qu'on trouve sur la mangrove. On les assemble tout d'abord sur des jeunes baguettes, fixées ensuite sur des chevrons posés perpendiculairement au toit.

Un travail de titan.

Qui me fait du bien ! Mon bras est entièrement remis, je suis en forme.

Amoïdena est retournée chez son père, le chef du clan, Oulayoumaka.

« Je retourne chez papa. »

C'est l'homme qui est venu quand j'étais malade pour « voir à quoi ressemble le visage pâle » qui a volé le cœur de sa fille. C'est un homme plein d'humour. Il ne parle pas français, mais on se comprend. Il me dit :

« *Aban toba piani* ! [28] »

Rituel qui se passe tous les jours quand on se rencontre. Et moi, je réponds tout aussi rituellement :

« *Àoere* ! »

Ma fiancée me donne des leçons d'indien, en échange, je lui donne des cours de perfectionnement en français. Elle se moque de moi :

« Tu parles indien aussi mal que ce que je parle le français. »

C'est faux, elle fait des progrès remarquables.

Par contre, moi… je la fais marrer. Pour se moquer, elle me donne de petites tapes sur le poitrail.

« *Mabaketacatiba neolam, kabaketacoüatiti* ! [29] »

Nous ne faisons plus l'amour.

C'est dur, mais c'est la coutume. Et puis, ça stimule le jeune époux. D'un accord tacite, nous attendons d'être chez nous.

Comme dit mon amoureuse :

« *Abanchoyénrou balànna* ! [30] »

28 - Tu n'auras qu'une femme !

29 - Ne contrefais pas mon langage, singe, bouffon !

30 - La vague de la mer ne crève que sur le sable !

CHAPITRE 19

Le jour où la maison est finie, c'est la fête au village.

Nous avons choisi de la construire dans une partie très cachée par la mangrove, mais près du fleuve. De l'arrière, on le voit qui coule indéfiniment vers la mer. L'avant ouvre vers le village. C'est une maison traditionnelle, il n'y a donc pas de cloisons, tout le monde peut voir ce qui s'y passe.

Les femmes ont fait le cachiri, la bière de manioc. Une jarre d'au moins deux cents litres est pleine, prête à être consommée. Les tambours rituels commencent à égrener leur son particulier, qui vous prend directement au ventre. Je suis assis entre la mère du chef, Tinndia, avec qui je suis devenu copain, et son fils, le chef, qui m'avait présenté :

« *Toka çaga nakayem* ! [31] »

Amoïdena paraît. Elle porte une coiffe faite en lanières d'écorce qui tombent jusqu'au sol et un *weyou*[32] brodé de perles blanches et bleu clair, et souligné par un trait bleu foncé. C'est elle qui l'a brodé. Pour le reste, elle est nue et baisse les yeux, pure jeune fille.

« *Hou-hé-héhé-hou-hé-hé-hé-houhé-hé-hé-hé-hou-hé-hé-hé…* »

À son apparition, tout le village se met à chanter. Les hommes portant le long *calimbé*[33] rouge, festif, dansent, rythmant leurs pas avec les colliers de graines séchées.

La fête commence… les femmes portent à boire dans les calebasses. La boisson est faite à partir d'un manioc particulier, creux et juteux, qui est *gragé* et bouilli avec des racines de *calassaye*, une igname

31 - Celle-ci est ma mère !

32 - Cache-sexe féminin en perle.

33 - Cache-sexe en tissu.

violette. Cette dernière apporte la couleur et une saveur amère. Après une longue cuisson, le condensé est mis à refroidir dans le canot d'eau froide. Les femmes mâchent des galettes de manioc et crachent dans l'ensemble qui va fermenter grâce à la salive humaine.

Pour finir, un trait de jus de canne.

Le lendemain, on sucre la boisson et les femmes la passent dans les couleuvres. On laisse rafraîchir et la cachiri est prête à être dégustée, fraîche et mousseuse ! Amoïdena me tend la calebasse, toujours les yeux baissés. Je saisis la graine emplie de la boisson amère et retient légèrement son bras en la caressant au passage.

Un sourire naît sur ses lèvres, mais elle continue son service comme si de rien n'était. Nous buvons de grandes rasades. De temps en temps, certains hommes se font vomir pour pouvoir boire plus.

Toute la nuit, un homme psalmodie une mélopée, que la foule reprend inlassablement :

« *Ayoubouka niénka tabatêna magnou bouconi tabatêna* ! [34]

– *Ayoubouka niénka* ! »

Le soliste reprend alors :

« *Ayoubouka niénka* ! »

Et la foule :

« *Ayoubouka niénka ! Tabatêna magnou bouconi tabatêna* ! »

Ce son lancinant m'enivre autant que le faible degré d'alcool du cachiri. Au bout d'un moment, je me surprends moi aussi à chantonner :

« *Ayoubouka niénka* ! »

Les enfants sont aussi de la fête. Les adultes organisent des jeux pour eux : tir à l'arc, lutte, ou autre. Ils resteront tant qu'ils en ont envie.

L'éducation est très souple. Les Indiens adorent les enfants, et je n'ai encore jamais vu un adulte en punir un, ou même le gronder.

Méthode qui a ses détracteurs et ses fans. Pour moi, je l'avoue, je trouve ça très agréable. Les enfants sont disponibles, pas du tout agressifs, gentils.

À un moment donné, je tombe de mon siège, en arrière. Des mains amies me réinstallent gentiment.

« *Ayoubouka niénka ! Tabatêna magnou bouconi tabatêna* ! »

Quand je me réveille, je ne sais combien d'heures sont passées. Il y a moins de chanteurs et plus d'enfants, mais le chant est toujours aussi

34 - Quelquefois j'y vais, quelquefois non !

présent. Une vieille femme me tend une coupe pleine. Je bois de nouveau. Maintenant, d'ailleurs, les femmes qui servent doivent se pencher sur le bord pour aller pêcher le cachiri au fond de la jarre.

Un signe… Y'en a plus pour longtemps !

Les chants sont relancés de plus belle…

Amoïdena est assise sur un banc commun, entourée par ses copines. Elles se parlent en se marrant, en matant les hommes qui paradent, habillés de plumes et colliers de perles. De temps en temps, elle me jette de rapides coups d'œil que je ne peux faire autrement que de qualifier de coquins. Subitement, j'ai envie d'elle avec une force incroyable. Je me lève… L'homme qui s'est assis à côté de moi rit et lance :

« *Aboulekienrou tona* ! [35] »

Les trois filles me regardent arriver. Elles se poussent du coude, je ne dois pas faire comme il faut. Je m'en fous !

J'empoigne mon amoureuse par le bras et l'oblige à se lever. Elle résiste sans résister. Pour rire. Je lui prends les jambes dans mes bras et l'enlève de terre. Et ainsi, sous les rires des derniers fêtards qui se moquent de moi, j'emmène ma femme, pelotonnée entre mes bras, jusque dans notre maison.

J'accroche un tissu de coton en travers, porte symbolique qui nous coupe du village et l'installe tendrement dans le hamac.

Je lui embrasse doucement les yeux, qu'elle tient fermés, et la bouche, qu'elle fait molle, et douce. Puis, je me hisse à mon tour dans notre lit d'amour. Je la prends dans mes bras. Elle ouvre alors les yeux.

« Maintenant, *açagàboyénum n'hatàcobayê* ! [36] Je dis que nous sommes maintenant comme mari et femme !

– C'est vrai. »

Je glisse mes mains et lui enlève le peu de vêtements qui lui reste. Je la prends tout doucement, en faisant le moins de gestes possibles pour que le temps dure très longtemps. Après l'amour, nous restons imbriqués l'un dans l'autre.

Au bout d'un moment, elle me dit :

« *Abonrcaàrou irròugne* ! [37]

– Qu'est-ce que tu dis ?

– Je dis que ce soir, tu me plantes bébé dans le ventre. »

35 - La rivière déborde !

36 - Leurs meubles sont en communs, ils vivent ensemble !

37 - La rosée est tombée !

Un bébé ? Un frisson me parcourt, qu'elle ressent forcément, car sa main me caresse la nuque, comme on le ferait à un animal de compagnie pour le calmer de l'angoisse qu'on a lue dans ses yeux.

« Tu as peur d'avoir un enfant ? »

Bordel, comment fait-elle pour lire en moi aussi facilement ?

« Ne pas t'en faire toi. C'est normal. Je suis très bien pour les enfants. J'ai pas eu encore, mais je très bien. Mon corps est parfait… »

Oui, oui, parfait, je le sais… mais un bébé…

« J'ai appris comment faire avec bébé, depuis longtemps. Dans le village, et avec ma grand-mère.

– Pourquoi pas avec ta mère ? »

Une ombre passe sur son visage.

« Parce que ma maman est morte quand je suis née. C'est les femmes du clan qui m'ont élevée… et ma grand-mère.

– Mais comment sais-tu qu'aujourd'hui, nous avons fait un enfant ? »

Son visage se ferme.

« Je le sais. »

Puis elle m'embrasse fougueusement.

« Je suis très contente. Et efface le pli du front. Tout va bien. Nous l'appellerons Oulayoumaka, comme son grand-père. »

Je m'insurge.

« Attends un peu… »

Elle me ferme la bouche d'un baiser.

« Ne t'inquiète pas, mon *bouloùgoutou* ! [38] Chez nous, nous pouvons donner plusieurs noms aux hommes ! Tu pourras aussi lui donner le nom de ton grand-père si tu le désires. »

Je ne le veux sous aucun prétexte, mon grand-père était un vieux con, incapable de tout sentiment envers moi. Je ne l'aimais pas et il me le rendait bien.

Elle continue :

« De toute façon, il portera celui qu'il veut. Il en aura un qui sera complètement secret et que personne ne pourra prononcer. Nous, ses parents, et lui le sauront. Mais nous donnerons à lui que dans un an, parce qu'avant, les esprits ne doivent pas savoir son nom. Ils pourraient venir le chercher. Et puis, il aura le nom que ses amis lui donneront. »

Elle rit.

38 - Celui qui marche la queue dressée comme le chien.

« Non, il n'y a pas de problème avec les prénoms ! »

Un truc me turlupine :

« Mais… comment sais-tu que ce sera un garçon ? Ce sera peut-être une fille ! Tu n'aimes pas les filles ? »

Elle hausse les épaules.

« Si, bien sûr. Je prends ce qui vient. Mais non, ce sera un garçon. C'est sûr et certain ! »

Elle lève les yeux vers les étoiles qu'on perçoit là-bas, au-dessus du fleuve.

« Aujourd'hui, avec la position des astres célestes, on ne peut pas se tromper. Tamouchi m'a dit : « Si ton mari entre en toi aujourd'hui, comme ce serait normal… tu feras… un garçon. » Et tu sais, il ne se trompe jamais. »

Et elle répète la sentence comme pour m'interdire de douter, ne serait-ce qu'une seconde, du pronostic du chaman.

« Jamais ! »

Que ce serait bien, des scientifiques qui ne se tromperaient jamais ! Cette réflexion m'amène tout naturellement à me demander ce que je laisse derrière moi. C'est-à-dire… ce que je risque, dans un délai plus ou moins grand, de regretter amèrement.

C'est vrai, ça peut paraître fou, mais je suis là depuis… Je ne sais pas, je n'ai pas compté les jours. Je suis donc là depuis trois à quatre mois, je n'ai pas vu le temps passer, et j'avoue n'avoir pas pensé réellement à l'avenir comme on a l'habitude de le penser là-bas. Pris par ma passion, je n'ai pas vraiment projeté ce qui allait se passer. Les gens ici m'ont accueilli comme l'un des leurs, à partir du moment où l'un des membres avait décidé que j'étais digne d'y habiter et de l'aimer. Mais si je dois aller consulter un « vrai » médecin, ou quand on devra consulter le dentiste ?

La vérité m'oblige à dire que je m'en fous.

Une fois que j'ai répondu à cette question existentielle, je l'enterre. Avoir un enfant est une problématique bien plus importante. C'est marrant, mais Amoïdena me dit que je viens de lui en coller un et dix minutes après, je tricote la brassière.

Je rigole.

« Pourquoi tu ris ? »

Je l'embrasse.

« Parce que je suis content. »

Quand elle s'endort, ce soir-là, dans mes bras, je pense que je suis tellement heureux que je me sens un roi marchant sur le toit du monde.

CHAPITRE 20

Oui, je suis un roi, mais je ne le sais pas.

Petit à petit, j'apprends la vie en forêt… La chasse, la pêche, pratiques uniquement admises, l'arc… mais, avant tout, il a fallu que je me trouve le bois spécial, en « bois-de-lettre-moucheté » ou en « bois z'agrenette », et que, sous les conseils de mon beau-père, je me fabrique les deux armes : une pour le poisson, une pour le gibier, simplement plus long.

Ma femme tresse les fibres tirées d'une broméliacée nommée *koulawa.* Celle-ci va me servir de corde pour le tendre. Les flèches sont tout un art, et correspondent à un emploi toujours spécial. Pour la chasse, pour assommer les oiseaux, pour ne pas salir de sang les plumes qu'on compte prélever, la *tobiloyé*, pour la pêche, il n'y a pas d'empennage, et que deux ou trois sortes de pointes, c'est déjà ça !

C'est d'une variété infinie.

Et un façonnage particulier, qui m'a obligé à apprendre à travailler le bois, les ligatures, l'art des résines servant d'empois, les teintures pour la décoration. Une flèche utilise pour sa fabrication une bonne dizaine de matériaux distincts, nécessitant des techniques différentes et appropriées.

Et puis, il y a l'agriculture, l'abattis, les animaux, qui nous fournissent la viande, le poisson, les méthodes de cuisson et de conservation, pratiques réservées aux femmes mais que, dans la foulée, j'avais également apprises sous les quolibets des hommes. Il fallait bien que je sache quel poisson se conservait et de quelle façon. Les *machoirons*, cocos, vieilles, *piraïs*, mulets, *acoupas*, *aïmaras*, *houlouwi*, *alimina*… Et puis le gibier… tapir, agouti, biche, *palika*, tigre, cochon-bois, mouton paresseux, iguane, anaconda, singe-araignée, poule-perdrix…

J'en découvrais tous les jours, j'avais l'impression que la liste n'était pas exhaustive.

Amoïdena avait évidemment vu juste. Elle s'arrondissait, elle devenait plus jolie de jour en jour. L'amour que je lui portais s'amplifiait toujours. D'un caractère gai, elle s'ingéniait à me faire plaisir par des petits cadeaux que je trouvais dans le hamac, le soir, une plume d'agami dans mon assiette, ou une friandise… queue de *piraï* ou bout de gibier boucané. Elle avait commencé à m'épiler, car elle n'aimait pas mes poils. Au début, ça me faisait mal et je criais tout ce que savais, ne comprenant pas à quoi tout cela rimait.

« Ouille ! »

Elle riait, sans tenir compte de mes douleurs, et continuait de plus belle.

« Allons, *attéullepa boattica*[39], tu n'es pas si douillet ! Tu es un homme, et j'en ai la preuve dans mon ventre. »

Elle a tenu bon jusqu'à ce que je ne possède plus rien, table rase, sus aux poils !

Nous continuions respectivement à nous donner des leçons, et je savais maintenant plus de vocabulaire. Par exemple, j'en connaissais un bout sur les serpents. Je faisais la différence entre le serpent venimeux, *ahoüa*, le gros et long, *oüanadre*, la petite et menue, *oüalloucoule*, encore plus petite, *toubouloüero*, espèce rouge, *alatalloüata*, la noire et jaune, *ioulia*, et enfin celui qui n'est absolument pas dangereux, mais qui saute sur les gens quand ils passent, le fameux macao.

Les mots étaient marrants, je m'amusais souvent à les prononcer. Par exemple, on disait rarement « non ». Le mot qui convenait était très compliqué. Exactement : *machaccouragontou* !

Dix-sept lettres pour un refus sec !

« Ça permet de réfléchir à ce que tu dis ! »

Évidemment…

Je me suis fait ami avec sa grand-mère, Tinndia. Une potière que je suis souvent allé regarder travailler. Elle est toute petite et porte, sur la tête, un chignon avec une longue tresse… une espèce de virgule noire. Elle n'a pas un cheveu blanc. Je ne sais pas l'âge qu'elle a, mais il doit être respectable.

C'est elle qui a transmis à Amoïdena son caractère enjoué et gai. Je restais des heures à la regarder. Jamais avant, je n'avais compris à ce

39 - Ne fait pas le glorieux, le superbe.

point ce terme abscons… l'intelligence des mains. La vieille femme est une vraie artiste. Et aussi un artisan, avec ce que ce terme a de noble. Il y a tout d'abord le savoir, la connaissance du sacré.

Ça a fait remonter en moi un souvenir du temps où j'étais encore à Mana. Un jour, des fonctionnaires de l'État avaient proposé aux Indiens Kalinas, installés sur le bord du fleuve, de leur apprendre à faire de la poterie plus jolie.

« Vous aurez plus de touristes qui viendront acheter vos produits artisanaux. »

Ils n'avaient rien dit et étaient venus écouter poliment le potier de Vallauris, en France, leur apporter le savoir.

Le malheureux ! Il ne savait pas qu'il allait se rendre ridicule aux yeux des Indiens, qui avaient au moins plusieurs millénaires de savoir-faire. Aujourd'hui, je pige que l'opération de prestige, qui a coûté un pognon fou au département, visait à franciser les Indiens qui commençaient, à l'époque, à se politiser et à comprendre qu'ils étaient en train de se faire coloniser à outrance.

« C'est un stage payé ! »

Le fonctionnaire avait bien fait son boulot.

« Si vous décidez de le faire, vous toucherez le SMIC pendant trois mois pour apprendre ! »

Ils étaient tous venus, même ceux qui n'étaient pas potiers… Eh oui ! Le gouvernement avait fait la même chose avec les Ndjoukas.

« Nous allons vous apprendre à fabriquer des carbets ! »

Des carbets, à eux qui avaient inventé le concept ! À se taper le cul par terre ! Par contre, les Ndjoukas, qui étaient moins polis, avaient rigolé carrément devant l'instructeur. Les institutionnels du développement, petits fonctionnaires prétentieux, étaient repartis, fiers comme des coqs et persuadés qu'ils avaient, par leurs actions, permis aux populations autochtones de progresser dans leur cadre de vie ! Quand je voyais mon amie, la potière, la somme de savoir, d'apprentissage sur le tas, d'observation, je me disais… quelquefois, j'avais honte d'être blanc. Je comprenais le mépris dans lequel les Indiens nous regardent. Un jour, Tinndia m'a fait l'honneur, et une immense marque de confiance, en m'invitant à participer à l'opération consistant à aller chercher l'*olino*, l'argile grise.

« Il faut aller vite, et en silence ! »

C'est un travail magique et secret. Il n'y en a pas partout, et quand on la prélève en fond de crique, il faut faire attention à ne pas réveiller le dieu du fleuve qui pourrait en prendre ombrage, car il aime à la folie cette terre.

« Pour le *kamuyu*[40] ou le *tawa*[41], ce n'est pas la peine de prendre tant de précautions ! »

Après la délicate et silencieuse opération permettant d'arracher à l'eau le précieux bloc gris, Tinndia nettoie, dans des bassines remplies d'eau, très soigneusement, en écrasant la motte entre ses mains, éliminant ainsi toutes les impuretés.

« Tu dois, après, pour la solidité, y incorporer un dégraissant. L'idéal, c'est le *kwepî*, les cendres d'un arbre bien particulier, qu'on ne brûle que pour cette occasion. Mais tu peux mettre aussi du sable, des débris de coquillages, des fragments de roche ou de la chamotte, de la terre séchée. »

Ensuite, il ne reste qu'à confectionner des petits boudins qu'on mettra à sécher. Quand elle a besoin d'une poterie, elle en prend ce qu'il faut, pile les boudins secs et les dilue dans l'eau. Ainsi, elle a de l'argile prête à l'emploi. Dans le discret carbet-atelier, elle dispose alors ses outils : racloirs, ébauchoirs, bouts de bambous et, bien sûr, un petit galet rond.

« Il est magique ! C'est mon arrière-grand-mère qui l'a acheté à un saint homme quand on habitait plus haut sur le fleuve. »

Elle fait des boudins assez fins qu'elle monte. C'est la méthode des colombins. Et c'est là qu'intervient l'intelligence des mains. Quand le plat est fini, poli avec le fameux galet, la cloison est très fine et, une fois cuite, très résistante ! Après, elle peint des dessins qui ressemblent a priori à tous les dessins qu'on fait sur le corps. Je mettrai du temps à décoder en profondeur leurs significations, et ainsi à m'apercevoir qu'en réalité, ça n'avait rien à voir.

En travaillant, elle chante :

Yàka neméignoa
Und wakow topopoli
Yenkienkienhi malihi
Und winon nénep i elo
Yenkienkienhi malihi
Ekado ko kolo kolomonokon
Yenkienkienhi malihi
Wonumen kodopomotoman
Yenkienkienhi malihi

40 - Terre de couleur ocre-jaune.
41 - Je m'ennuie déjà de ne plus te voir !

Elode sekalisa owanen makon
Oto négoman don makon
Yenkienkienhi malihi
I wale pobele makoni
Yàka neméignoa

Je suis née ici
J'étais allée à l'école du ciel
Les maringouins cornent et bourdonnent autour des oreilles
J'en rapporte la chanson
Les maringouins cornent et bourdonnent autour des oreilles
Écoutez, vous qui arrivez, mes enfants
Les maringouins cornent et bourdonnent autour des oreilles
C'est ce que je vous dis, mes enfants
Les maringouins cornent et bourdonnent autour des oreilles
Apprenez ma chanson, retenez-la bien
Les maringouins cornent et bourdonnent autour des oreilles
Qu'est-ce que vous avez, mes enfants ?
Vous n'avez plus de chansons, mes enfants !
Je suis née ici

Chaque couplet est ainsi répété deux ou trois fois, et la main suit les couplets, et le plat monte… Ensuite, la cuisson est faite en tas. Les vases, bols, écuelles, jattes, pots, bouteilles, sculptures zoomorphes, laques à manioc, à cachiri, fuseaux sont posés sur le sol. On les recouvre de certaines écorces, branchages choisis avec soin. On met le feu, et on continue de l'alimenter pendant plus d'une heure.

C'est magnifique !

Je ne me lasse pas de l'observer. Et puis, je ne sais pourquoi, Tamouchi a estimé que c'est moi qui dois prendre sa relève, alors, tous les après-midi, je suis son enseignement.

« C'est toi ! »

Toutes les énergies, les plantes, les animaux, le fleuve… ce qui est du domaine de la nature, du sacré… je suis destiné à devenir un *abaketouti*, un docteur. Pour cela, il a posé sur mon bras la plume rouge d'ara, insigne de ma profession. C'est un honneur, et Amoïdena est très fière de moi. Je ne lui fais plus honte à faire n'importe quoi, comme quand je l'ai prise dans mes bras, le jour de la fête, et que tous les villageois ont rigolé de mon manque de retenue et de mon ivresse.

Notre vie est rythmée par le lever et le coucher du soleil. Les lunes, les saisons sèches, des pluies. Et puis viennent les derniers jours. Notre fils va sortir. Amoïdena me chuchote en passant :

« C'est maintenant. »

Avant de passer, comme par hasard, près du hamac où je geins, elle a bien regardé pour s'assurer que personne ne la voit, qu'il n'y a pas d'ombres suspectes dans la mangrove.

« C'est maintenant ! »

Et moi, j'ai un rôle fondamental à jouer. Je la regarde s'enfoncer discrètement dans la forêt. Quand elle a disparu, j'attends encore un moment puis, brusquement, je me mets à geindre encore plus, comme une femme enceinte en plein travail. Les gens du village, quand ils passent près de notre maison, me regardent sans broncher, ne s'étonnent pas de mon jeu. Ils savent que je dois attirer et retenir les esprits mauvais qui pourraient voler l'âme de mon enfant.

J'ai appris avec Tinndia les postures et les gémissements. De bonnes parties de rigolade dans son atelier ! Donc, je me plains pour attirer à moi tous les démons de l'île, pour qu'ils ne voient pas ma femme accoucher. J'ai le cœur qui saigne en l'imaginant, seule, se débrouiller. Mais la tradition le veut. Avoir un enfant est toujours un grand moment. Le secret de la réussite est la préparation. Avec sa grand-mère, elles ont repéré le site, une clairière où un bâton est planté. La mère doit s'en saisir, et s'accroupir en s'aidant des herbes que Tamouchi lui a remises. Ensuite, elle se redressera pour l'expulsion du placenta. Si l'enfant ne veut pas sortir, il y a une ceinture qu'on doit placer d'une certaine façon, qui aidera pour la délivrance. Mais je dois être éloquent, sinon ce peut être dangereux pour elle et l'enfant. Je ne me sens pas du tout ridicule, je pense à la jeune femme qui, dans la forêt, donne la vie. Me donne un garçon. Car je suis sûr que ç'en sera un, ce ne peut être différent.

Il ne faut pas que je pense à ça.

Je reprends de plus belle. Mes cris déchirent la forêt. Le temps passe, il ne se passe rien. Mes regards se portent malgré moi vers le chemin que ma femme a emprunté pour être délivrée.

Rien ne bouge.

Tinndia monte à notre maison pour mettre de l'eau chaude près de l'entrée. Elle me jette un regard dans lequel je ne lis rien et continue de vaquer à ses occupations comme si de rien n'était. Je me contorsionne de plus belle dans mon hamac. Pour les Indiens, le bébé est une semence déposée dans la mère, le père doit protéger et aider à la germination. Le soleil apparaît désespérément… car je ne vois toujours personne. Il y a bien deux heures que je suis là à crier, je me rends compte que ma voix commence à s'érailler, ma crainte grandit de minute en minute. Tout à coup, je vois une silhouette trébuchante avancer vers moi, un tissu cachant ses jambes et un minuscule corps enveloppé dans du coton, collé à elle. Elle a les yeux cernés, elle me fait un pauvre sourire.

Amoïdena !

Elle monte difficilement le tronc encavé de marches. Comment vais-je faire pour ne pas la prendre dans mes bras ? Je ne sais, je pense que personne au village ne me le pardonnerait, on me traiterait d'inconscient !

J'en ai les larmes aux yeux.

Elle se couche immédiatement dans le hamac. Tinndia arrive en courant et s'occupe du bébé. Elle le lave le tenant par une jambe, me le montre en clignant de l'œil. Je vois qu'elle aussi est émue. Elle rit sans arrêt, ses dents brillent de plaisir dans la bouche.

Elle ne peut s'empêcher de me balancer :

« Hi, hi, hi… *Imàcou* ! *Imàcou* ! [42] Hi, hi, hi… »

Puis elle s'occupe de ma femme, la lavant également et lui appliquant des décoctions d'herbes entre les cuisses. Ensuite, elle prend le bébé gigotant qu'elle pose sur le sein de sa petite-fille. Elles restent ainsi à papoter, faisant des *guili-guili* à mon enfant, que je ne peux même pas aller voir. Car mon rôle de père ne fait que commencer. Durant trois jours, il va falloir que je reste couché dans mon hamac sans manger ni travailler, pour donner mes forces à mon fils. Car si j'ai bien vu et bien entendu, c'est un fils que nous avons fait ! Un fils que je ne vais voir que de loin, pour que les fameux esprits mauvais concentrent sur moi leurs mauvaisetés.

Ainsi, nous aurons un fils fort.

Nous nous regardons de loin avec Amoïdena. Elle me sourit avec déjà plus de force. Je forme sur mes lèvres :

« Je t'aime. »

Elle est ravie.

Elle aussi forme des mots… que je ne comprends pas vraiment. Nous sommes loin l'un de l'autre et de plus, ils doivent être en indien. Mais j'en pige le sens, qui est très doux à mon esprit. J'ai le cœur qui gonfle. Puis elle s'endort, épuisée par les efforts terribles qu'elle a dû faire,

42 - Un fils !

là-bas, toute seulette dans la forêt. Quand elle se réveille, sa grand-mère est là. Ensemble, elles s'occupent du bébé, puis ma femme va au fleuve faire sa toilette pendant que Tinndia berce mon fils en me le montrant de loin, en riant. Quand Amoïdena remonte, toute fraîche et luisante, elle est presque comme avant d'être enceinte. J'ai brusquement une bouffée de désir. Elle passe nonchalamment près de moi et caresse furtivement mon visage.

Elle murmure :

« *Alloucalina barici* ! [43] »

Je l'adore !

Puis elle commence par manger le plat préparé par son aïeule. Il faut qu'elle reprenne des forces. Mais elle n'a pas le droit à tout. Du poisson et des fruits. Elle ne doit pas toucher à autre chose pendant un mois. Une fois sustentée, elle occulte encore l'enfant aux regards malins en le peignant entièrement au noir de genipa. Il se fondra ainsi dans l'ombre propice aux cachettes inexpugnables. Il ne pleure pas, se laisse faire dans les mains expertes et sûres des deux femmes.

Je suis très fier de mon fils. Ce sera un bon chasseur et un pêcheur exemplaire. Je m'efforce de projeter mes forces vers lui, le plus que je peux.

Il tourne son visage aveugle vers moi et sourit !

43 - Je m'ennuie déjà de ne plus te voir !

CHAPITRE 21

Après une période de trois jours, je peux enfin le toucher et coucher à nouveau avec ma femme dans le hamac commun. Notre fils est beau, il ne pleure presque pas, dort toute la nuit…

« Il est trop bien. C'est inquiétant, non ? »

Ça fait rire Amoïdena qui, comme tous les Indiens, m'estime ignare en ce qui concerne les enfants. Les pères s'occupent beaucoup de leur progéniture. En matière d'éducation, on agit par la douceur, jamais par la violence. Quand un enfant fait une bêtise, les adultes rient, ils ne le grondent pas.

Le fleuve coule…

Un jour, une agitation particulière au village m'avertit d'un événement. Les femmes *gragent* le manioc pour le cachiri. Ma femme, mystérieusement, m'annonce dit que c'est pour moi.

« Pour moi ? Toute cette boisson ? Tu veux que je devienne alcoolique ? »

– Non, tu as mal compris. C'est en ton honneur. Tu vas être un *tepiem* ! Tu vas passer l'épreuve du *maraké*.

– Ah oui ? »

Tamouchi m'en avait parlé. Il s'agit d'un rituel permettant aux jeunes adolescents de devenir des hommes. Comme j'étais devenu membre de la communauté, il fallait que je me plie aux rites d'initiations.

Je m'étais rebellé.

« Mais je suis un homme !

– Non, pas tout à fait. Quand tu auras fait le *maraké*, tu pourras t'en vanter, mais jusque-là… »

Et le moment est arrivé.

Dans la semaine, les préparatifs donnaient un visage particulier au village. Les vieux et les enfants étaient tout excités. C'est Oulayoumaka qui est venu me chercher.

« Viens ! »

Il m'emmène dans une case un peu éloignée, le carbet où l'on prépare les choses magiques, secrètes.

Ma femme m'attend, l'air sévère. Elle ne me regarde pas. Je comprends que je ne dois pas parler. Elle me fait allonger dans un hamac puis, avec la plume d'agami utilisée en pinceau, elle couvre mon corps entier de dessins compliqués et symboliques. Ensuite, elle sort d'un coffre des dizaines de colliers de perles pesant des kilos et m'en couvre de la tête aux pieds. Pour couronner le tout, elle me coiffe d'un chapeau magnifique. Ce faisant, elle dit sobrement en m'en coiffant :

« C'est l'*olok.* »

Il est fait de plumes multicolores sur plusieurs rangs. Il doit mesurer environ un bon mètre. Je me lève. Aux pieds, j'ai les colliers de graines séchées qui marquent mon pas d'un son étonnant. Gling, glang, gling, glang !

Je me sens un peu lourd, mais ça ne m'empêche pas de choper mon amoureuse et de l'embrasser, fougueux. Elle me repousse mollement. Je l'interroge, curieux :

« Comment je suis ?

– Chut ! »

Elle pose sur ma bouche un doigt gentil mais ferme, me met en main une lance fine, puis me pousse dehors. Quand je sors de la case, je suis effectivement un autre homme. Je me dis que si c'est ça, le rituel en question, ce n'est pas trop dur.

J'ai trop vite parlé !

Les choses ne font que commencer. Je ne suis pas le seul à pratiquer, cette année-là, le *maraké*. Il y a cinq jeunes hommes qui se regardent craintivement. Ils savent, eux, ce qui les attend. Je les rejoins, ils me font une place. Oulayoumaka nous aligne sur une planche recouvrant un trou, ce qui fait que le moindre de nos déplacements est amplifié par cette caisse de résonance primaire. Les chants commencent, repris par toute la communauté. Je ne suis pas trop dans la danse. Les pas des adolescents, qu'ils connaissent par cœur, je ne les sais pas. Mais au bout de quelques heures de tâtonnements, quand même, je suis dedans. Les *tepiems* s'accompagnent d'une flûte qu'on ne m'a pas donnée.

Sont pas fous !

D'autant plus que nous sommes gâtés, question cachiri !

Ça, les femmes ne lésinent pas sur la boisson. La danse dure toute la nuit, je ne sais comment font les jeunes gens qui passent l'épreuve avec moi, mais je suis crevé. Je tiens uniquement par le regard que ma femme pose sur moi et qui m'encourage. Elle porte notre fils, dont je tairai le nom ici, sur sa hanche, comme toutes les jeunes mères.

Je danse toute la nuit.

Quand le soleil se lève sur le fleuve, nous sommes saouls de musique, de danse et de cachiri. Les jambes lourdes, nous avons du mal à esquisser encore quelques pas. Oulayoumaka, aidé des hommes, nous enlève tout, chapeau, plumes, colliers de perles.

« Tu vas recevoir le *kounana*. Regarde ! »

Et je comprends tout à coup ce que voulaient dire les regards craintifs d'Amoïdena, tout à l'heure. C'est une vannerie en forme de tortue, polychrome, à laquelle on a attaché par le corps une centaine de fourmis, ça grouille de dards acérés, de mandibules furieuses. Un homme me saisit les bras et les amène bien haut. Je gonfle le torse, m'attendant au pire. Je ne crie pas, bien que le chef de village pose sur ma bouche sa main pour m'en empêcher. Quand il enlève la vannerie, j'ai, du nombril au sternum, des centaines de boursouflures rouges, sanguinolentes. L'homme qui me soutenait m'aide à m'allonger dans le hamac, je suis près de l'évanouissement.

Quand je m'éveille, j'ai une faim de loup, mais l'épreuve n'est pas finie. Devant nous, des dizaines de plats, plus appétissants les uns que les autres. Mais défense d'y toucher. On teste notre capacité à résister. Chaque jour, des gens du village viennent manger devant notre nez, pas question de craquer. Nous resterons six jours sans manger. Nous n'avons, le soir, qu'un petit bout de cassave, la galette de manioc.

Je maigris terriblement.

Le sixième jour, un homme vient, avec des ciseaux, et il nous tond les cheveux, nous sommes entièrement nus. Ensuite, on nous enduit de rocou. Devant tout le village, on nous tend un bol de cachiri, qu'il faut vomir immédiatement pour être sûr qu'on est bien à jeun. Oulayoumaka nous dit que maintenant, nous sommes des hommes, que nous avons passé ce *maraké*, que nous pouvons prendre femme. Je jette un regard à Amoïdena qui mate, coquine.

Voilà, pendant quelque temps, on ne pourra pas manger de viande, mais à part ça…

L'épreuve est finie !

Oui, j'étais le roi du monde, je marchais sur les nuages. Mais après la saison sèche arrive la saison des pluies, avec les orages qui dévastent tout sur leur passage. Et bientôt, on ne se souvient même plus qu'on a été heureux.

C'est un soir de saison sèche qu'ils m'ont retrouvé.

« *Moulouli*, hou-hou ! »

Ma femme m'appelle. Elle est allée nettoyer l'acoupa que j'ai fléché dans le fleuve. Je lui ai dit :

« Quand tu auras fini, fais-moi signe. Je viendrai chercher notre fils. Il ne faut pas que tu te fatigues dans ton état. »

Elle avait ri.

« Tu sais, ce n'est pas une maladie d'être enceinte de l'homme qu'on aime. »

Je suis très heureux. Oui, le roi du monde… Hier soir, après avoir fait l'amour, elle m'a dit que je lui avais mis la fille dans le ventre.

« Tu es un homme solide ! Tu voulais bien une fille, hein ? »

Une fille, après notre garçon… Celui-ci ne marche pas encore, mais il crapahute partout à quatre pattes. Amoïdena rit de mes inquiétudes. Au début, j'avais peur de tout, du fleuve, du feu, des bêtes sauvages. Mais l'enfant est surveillé par le village en entier. Il ne risque absolument rien, tout le monde l'aime. Il pousse comme un jeune singe, en pleine nature, libre…

« *Moulouli*, hou-hou ! »

Brusquement, mon cœur se serre. En voyant ma bien-aimée me tendre la main, j'ai peur. Depuis que je suis le novice de Tamouchi, et surtout depuis qu'il a soigné ma plaie avec des herbes magiques, j'ai des prémonitions.

« *Moulouli*, hou-hou ! »

C'est souvent de petites choses. Par exemple, je sais où attendre le cochon-bois qu'on chasse, ou j'ai compris avant les autres qu'Amoïdena m'attendra dans le hamac ou que demain il va pleuvoir… De petites choses… sans importance.

« *Moulouli*, hou-hou ! »

J'ai une vision d'un champ saccagé par les fourmis-manioc. J'arrête de tailler la pagaie que je compte offrir à ma femme pour la nouvelle lune. Je suis troublé.

Et j'entends :

« Qu'est-ce que c'est ? »

Un bruit de moteur que je connais… Ce n'est pas un moteur de bateau… C'est un son angoissant. Je suis au milieu du village. Avant que je puisse faire quoi que ce soit, l'hélicoptère survole les habitations.

Et ils tirent tout de suite. Putain !

Tac, tac, tac, tac, tac, tac, tac…

Je plonge sous la case du chef. Je tire par la jambe Tinndia qui regarde, pas émue pour un sou, les balles de gros calibres qui volent un peu partout.

« Attention, planquez-vous ! »

Je vois un jeune homme bander son arc et tirer une flèche.

« Cache-toi, tu ne peux y arriver comme ça ! »

Mais, posément, il prend un autre projectile vise, et… pan ! Il ne peut pas l'envoyer, une balle lui fait éclater la tête. La case où l'on s'est réfugiés prend brutalement feu, ils ont dû balancer de l'essence. J'attrape l'ancêtre dans mes bras et nous cavalons jusque sous le petit manguier qui pousse devant chez nous. Il fait presque nuit, un phare monté sur l'hélicoptère fouille le village.

Tac, tac, tac, tac…

Il y a une panique terrible. Tout à coup, ils arrêtent de tirer. Il ne reste plus que le son des pales dans l'air et de la case qui brûle.

« Russ ! Oh, Russ ! »

D'où je suis, je vois qui parle dans le haut-parleur. C'est l'Américain !

« Yes, yes, c'est bien moi… mister Smith ! Je m'en suis tiré. Tu croyais être débarrassé de nous. Mais nous voilà de nouveau. On reviendra exactement dans trois jours ! On sait que t'es là, on t'a vu ! Alors prépare ce que tu sais ! Sinon, regarde un peu comme on traite ceux qui nous ont joué des tours de cochon ! »

Un des gros bras empoigne une forme humaine et la projette dans les airs. Elle s'écrase au centre du village.

« Trois jours, n'oublie pas ! »

Le pilote effectue un virage et disparaît comme il est venu. On n'entend plus que le bruit d'un moteur qui s'éloigne, laissant la mort, le drame. Nous sortons de dessous l'arbre, complètement abasourdis. C'est une femme qu'ils ont balancée de l'hélico. Elle est tournée vers moi.

Maria !

Elle vit encore. Ses membres sont broyés par la chute. Mais ils l'ont torturée avant de s'en débarrasser. Elle porte des ecchymoses sur tout le visage. J'ai eu un peu de mal à la reconnaître. Les gens crient autour de moi. Tout à coup, une angoisse m'étreint…

« Amoïdena ! »

Je me mets, comme les autres, à courir vers le fleuve…

« Amoïdena ! »

Elle est à moitié allongée contre la vieille souche du fromager. Elle tient contre elle notre fils, elle me sourit. Ouf ! Elle n'a rien.

« Amoïdena… J'ai eu peur ! Tu ne peux pas savoir ! Tu as vu ce qui s'est passé ! C'est à cause de moi ! Oui, cette folie ! Je vous ai entraînés dans un tas d'ordures ! Et ils vont revenir ! Il faut que je voie… »

Je comprends que quelque chose ne va pas.

« Amoïdena ! »

Elle est blême, elle enlève sa main de la tête de notre fils. Il lui en manque la moitié. Dessous, la balle a continué son œuvre de destruction et a pénétré le ventre tendre de mon amour. Je défaille.

« Amoïdena, non ! Je… »

Son regard vacille.

« Écoute-moi, je pars…

– Amoïdena, non ! »

Elle attrape ma main et me tache de son sang, et de celui de notre fils mort.

« *Moulouli* ! Je savais que nous allions partir, je l'avais vu dans les astres. Écoute… c'est mieux comme ça…

– Non, non ! »

Avec sa force, elle m'oblige à écouter.

« *Moulouli*, on va se retrouver. Tu sais, ma petite sœur est depuis longtemps amoureuse de toi, elle te veut. Tu sais que c'est la coutume, chez nous, tu le sais. En cas de deuil, le mari doit prendre la sœur de celle qui n'est plus. »

Un flot de sang apparaît tout à coup dans sa bouche et l'oblige à tousser.

« Ne sois pas triste. »

Le flot de sang la force à s'arrêter de parler, elle me regarde avec tristesse, puis elle n'est plus là.

Il a fallu que Oulayoumaka m'assomme avec son casse-tête. Je voulais m'ouvrir la gorge, j'avais déjà le sabre à la main.

Je me réveille lucide, mais paralysé. Je sais ce qui s'est passé. Je n'ai pas de désespoir, je suis comme un zombie. Quand j'ouvre à nouveau les yeux, j'aperçois le dos courbé de Tamouchi. Comme à son habitude, il grommelle. Un autre hamac est occupé, je reconnais les cheveux de Maria, qui dépassent du tissu de coton tissé. Je n'arrive pas à cligner des yeux. Je suis manifestement drogué. Je sais que j'ai perdu ce qui comptait le plus pour moi ici-bas, et que je veux mourir, mais…

Le vieil homme se tourne et voit que je le regarde.

« Ah, très bien. C'est déjà ça. Mon novice a enfin ouvert les yeux. J'ai dû te droguer, parce que ce n'est pas le temps de pleurer, c'est le temps de la défense et de la vengeance. Nous n'avons pas besoin aujourd'hui de bras faibles, il nous faut des cœurs d'airain. »

Il me donne un coup sec sur le torse.

« Est-ce que tu es des nôtres ? »

La vengeance, oui, oui, oui !

« Oui. »

Il est content, mais ne sourit pas. Il y a une indicible tristesse dans le fond de ses yeux.

« Très bien. Alors nous avons besoin de comprendre. Il y a une réunion dans le carbet du voyageur. Tu vas y aller et vous allez prendre une décision. Il ne faut pas que des choses comme ça se reproduisent, ni que ça reste impuni. Les dieux de la guerre sont fâchés. »

Je constate :

« Je ne pourrai pas me lever. »

Je ne sens pas mon corps.

« Si, tu vas y arriver. Vas-y ! »

Je décide de m'arracher, la rage et la volonté, ça marche. Je descends du hamac. Je m'approche de Maria. Elle est blanche, ne paraît pas respirer.

« Elle est morte ? »

Il secoue la tête.

« Non, je la laisse errer dans les déserts en attendant qu'elle retrouve un peu de force et d'envie de vivre. Ces hommes sont des… »

Apparemment, il n'y a pas de mots assez forts dans la langue indienne pour bien décrire ce qu'il pense.

« J'y vais. »

Je marche jusqu'au carbet-voyageur, là où Tamouchi m'avait soigné quand ils m'ont recueilli. Le cercle est bouclé.

« *Nàboüica* !

– *Nàboüica* ! »

Les mines sont sombres et déterminées. J'apprendrai par la suite qu'il y a eu trois morts et cinq blessés, dont deux femmes et deux enfants. Le cinquième blessé était avec nous, pour savoir ce qu'on allait faire.

C'est Oulayoumaka qui prend la parole :

« Toute cette histoire vient du Blanc qui s'est noyé devant l'île et que nous n'avons pas réussi à sauver. Les dieux se sont mis en colère et nous ont envoyé des hommes-pumas pour nous punir. Mais nous n'allons pas nous laisser faire. Voilà ce que j'ai pensé… »

Pendant que le chef déroule son plan, je récapitule les événements. Le mec que l'Amerloque m'a envoyé chercher s'était tout simplement noyé. Bordel !

Je coupe le chef :

« Excusez-moi, mais il faut que je sache… Il n'y avait pas une valise ? »

Oulayoumaka n'aime pas qu'on l'interrompe, mais c'est un homme très courtois, et il comprend que, malgré la drogue, je suis ému.

« Oui. »

C'est Amiman, celui qui a affronté la femme-araignée, qui m'explique en détail :

« Oui, c'est vrai. Une valise pleine de sacs plastiques avec un sucre pas bon. On a montré à Tamouchi qui nous a dit que c'était un mauvais cadeau. On a tout jeté au fleuve. Pourquoi ? On n'a pas bien fait ?

– C'est pour cette valise que les hommes de l'avion sont venus. »

Un silence suit ma déclaration. Le chef reprend la parole pour affiner son plan. Peu importe que ce soit parce qu'ils ont balancé des millions de dollars de drogue au fleuve, l'important est de se venger.

Ils ont raison.

CHAPITRE 22

Ils reviennent le matin du troisième jour.

Tamouchi m'a dit :

« La lune est avec nous, elle montre à peine son œil ! »

Je n'ai pas dormi de trois jours. Mais je me sens toujours sous l'effet de la drogue. À l'intérieur de moi, tout est mort, et à l'extérieur, je ne montre rien.

« Tu ne vas pas dormir, m'avait averti le guérisseur, et il avait ajouté : cela n'amoindrira pas tes forces ! Au contraire ! »

Et il avait raison. J'avais écouté, pesé le plan du chef, donné mon point de vue sur les loustics qui allaient nous attaquer. J'avais deux atouts : un, je les connaissais, deux, je n'avais plus rien à perdre. Enfin, je savais comment et à quoi ils réagissaient. Maria a émergé de la drogue mais toujours dans une espèce de coma, dont elle a quelques chances de sortir un jour ou l'autre.

« Son esprit est sous l'emprise de la femme-araignée. Il lui faut du temps pour trouver la sortie. »

Quand ils sont revenus, je les attendais.

Seul.

Tamouchi était venu me chercher. J'étais dans un hamac du carbet-voyageur. Je n'étais pas encore retourné chez moi. Je ne sais pas si j'y retournerai un jour… Enfin, peu importe… En tous les cas, ce n'est pas ça qui attire mon attention en ce moment.

« J'entends le moteur.

– Je l'entends aussi. Les autres ?

– Tout est prêt, c'est à toi de jouer. »

Nous avions planté un grand drapeau blanc au beau milieu. Une idée à moi.

« Il faut qu'ils pensent que nous avons peur, qu'ils sont les plus forts. En général, ils sont facilement convaincus de ça. »

Je me suis mis à côté, les bras croisés sur les dessins de guerre que Kali, la sœur de ma femme, était venue peindre sur mon visage, mes bras, mon torse hier soir. Ils sont donc arrivés peu après le lever du soleil… pour nous surprendre ! Comme ils nous connaissent mal ! Un Indien ne peut pas, c'est impossible, être surpris deux fois !

C'est impossible !

L'hélicoptère s'est posé sur la place. J'attends, droit à côté du drapeau. La porte est ouverte. Il en sort des canons de mitraillettes. Lorsqu'ils voient que je suis presque nu et que je ne peux donc cacher aucune arme, deux hommes sautent à terre. Ils coupent le moteur et les pales s'arrêtent de tourner.

« Oh, Russ ? »

L'Américain est sorti presque tout de suite.

« J'ai failli ne pas vous reconnaître dans cette tenue ! C'est dommage que je ne fasse pas de cinéma, je vous aurais immédiatement engagé ! En tout cas, félicitations, c'est réussi ! Vous faites tout à fait sauvage. Et puis, il y a longtemps qu'on ne s'est vu… »

Il sort de l'appareil une dizaine de gus vêtus de treillis, des militaires ou d'anciens militaires. Ils se mettent immédiatement en position, comme s'ils allaient se faire attaquer par une armée entière.

« Bonjour. »

Il rentre dans le vif du sujet.

« Où est la drogue ? »

Je ne lui réponds pas, une question me taraude :

« Pourquoi avoir fait ça à Maria ?

– Maria ? »

Il a un petit geste méprisant.

« C'est pour vous impressionner, uniquement. Elle ne nous servait plus, et il fallait bien s'en débarrasser, alors… Et puis ça a l'air de marcher… »

Je parle d'un ton détaché, la drogue…

« Oui, comme ça. Mais tu sais, moi, la drogue… le pouvoir, l'argent et toutes vos valeurs de merde, je m'en fous ! Il y a d'autres choses qui… »

Il s'impatiente :

« Maria, oui. J'ai répondu. Maintenant, il faut la dope, tout de suite. »

Je laisse passer un temps. Juste ce qu'il faut, l'ancien joueur de poker qui est en moi se souvient.

« Y'a un problème. »

Sa main part sous sa veste. Il doit y cacher un pétard. Je souris, il perd son calme.

« Quoi ? Quel problème ? »

Je montre les Indiens qui se tiennent à quelques mètres de nous, dans une position effacée, humble, les yeux tournés vers les nouveaux conquistadors.

« C'est eux qui ont la came. »

Son regard va de l'un à l'autre comme s'il se demandait qui il allait encore tuer.

« Ils vont vous la rendre, mais ils insistent pour faire la fête avec ceux qui possèdent le tonnerre. Vous avez tué des gens du village. En échange, ils vous demandent de leur faire l'honneur de leur cachiri. Ils m'ont promis de vous filer la came dès que vous aurez montré que vous n'êtes pas des dieux ! Que vous pouvez vous comportez comme de simples mortels. »

Il flaire le piège.

« Hein ? »

Il sent bien que je ne suis pas dans mon état normal, mais il ne sait pas que je suis insensibilisé par la drogue.

J'insiste, il faut que je le convainque.

« Oui, ils vous admirent, et ils n'ont jamais vu un hélico de près. Ils veulent juste vous offrir un coup à boire. Après, ils vous remettent la valise et vous caltez ! Vous perdez une heure mais vous gagnez votre dû. Oui, votre dû ! »

Il regarde autour de lui. Il y a surtout des femmes et des enfants. Seul le chef est là, en grand *calimbé* rouge des jours de fête. Il a lui aussi des peintures de guerre sur tout le corps. Il arrive à sourire de façon servile. Quel comédien ! Je sais qu'il a le cœur brisé par la mort de sa fille. Il l'adorait.

L'Américain, rassuré par sa petite armée et croyant qu'il touche au but, cède d'un coup :

« Bon, d'accord. Mais j'espère pour toi que ce n'est pas un coup d'arnaque. Tu le paierais cher. Et ta troupe de macaques aussi ! »

Il met deux hommes de garde près de l'hélicoptère et dit aux autres qu'ils peuvent se rincer le gosier.

« Mais pas trop, hein, qu'ils chercheraient pas à nous enivrer. »

Je le rassure. Il a tort de m'écouter.

« Vous savez, le cachiri n'a que cinq ou six degrés d'alcool ! C'est bien loin de votre whisky ! »

Il a un regard méprisant et lâche un « Sauvages ! » qui en dit long sur ce qu'il pense de la supériorité blanche. C'est normal, ce n'est pas parce qu'on est un truand qu'on est intelligent. Il se laisse mener quand même par une jolie Indienne souriante, l'épouse d'un jeune homme que j'aime bien. Il demande à ce que le chef et moi buvions les premiers. Nous le faisons tranquillement, une pleine calebasse.

Il n'aime pas la première gorgée mais accepte vite le deuxième bol. Petit à petit, les hommes, devant la beauté des Indiennes qui les font boire, laissent leurs appréhensions de côté. Ils commencent à se détendre. Moi, je suis toujours aussi glacé à l'intérieur. Incapable du moindre sentiment. De temps en temps, monsieur Smith s'inquiète :

« Et la dope ?

– Elle arrive, ne vous inquiétez pas ! »

Il se trouve toujours quelqu'un pour lui tendre un bol. Il se sent fort, il est content. Il ne sait pas que l'aile noire de l'aigle est sur lui.

Tout à coup, un des ses hommes ouvre des grands yeux et balbutie un avertissement, couvert par les chants qui ont commencé à se faire guerriers. Smith, qui n'a pas entendu son homme, que je vois maintenant s'écrouler lamentablement, le nez dans son assiette, me sourit.

« Je comprends que vous soyez bien ici. C'est vrai que les Indiennes sont épilées de partout ?

– Oui, elles sont épilées de partout. Mais je ne pense pas que vous le vérifiez. »

Il ne comprend pas tout de suite ce que je lui dis. Il est encore sur l'érotisme primaire des Blancs puants.

« On m'en a parlé… Et j'avoue que je me laisserais tenter par une bonne partie de jambes en l'air avec une de ces macaques ! Mais… »

Il me regarde brusquement, il vient de se rendre compte de quelque chose de curieux.

« Vous êtes étrange… On dirait que vous êtes drogué.

– Oui, c'est exact… C'est pour éviter que je ne devienne fou. Parce que vous avez tué ma femme et mon fils. »

Il me regarde, interloqué par mon ton monocorde, sans passion. Il ne s'attendait pas à ces mots. Attends ce qui suit, l'Américain, tu n'es pas au bout de tes surprises… J'ajoute donc :

« Mais vous allez payer pour ça… Vous allez mourir… »

Le soleil se voile.

« L'ombre est sur vous. »

Brusquement, au moment où le militaire en face de lui tombe en se tenant les tripes, il comprend ce que je viens de lui dire.

« Un piège ! »

Alors, tout se passe très vite.

Les deux hommes qui n'avaient pas bu une goutte de cachiri et restaient le doigt sur leur kalachnikov, à côté de l'hélicoptère, reçoivent une volée de flèches dont les pointes ont été enduites avec le venin du serpent corail, qui tue dans l'instant. Les projectiles ont visé la tête, et plus spécialement les yeux et la gorge. Le premier a le temps de lâcher une rafale dans la mangrove avant de tomber dans l'herbe, les yeux levés vers le ciel, avec, dans les pupilles, une incompréhension terrible.

Le deuxième crie et meurt tout de suite.

« Aaaaaahhh ! »

Un troisième, le bol en main, prononce des mots sans suite en se tenant le cœur. Il se met à baver, essaie de saisir son arme. Un jeune Indien abat sur lui le terrible casse-tête en bois-béton, fiché de redoutables dents de jaguar aux extrémités. C'est aussi ce qui arrive au dernier malfrat, qui n'avait pas bu autant que les autres et, de ce fait, n'était pas encore atteint par le poison.

Son crâne explose littéralement.

Monsieur Smith, quant à lui, n'a pas le temps de bouger. Il a les bras immobilisés par deux Indiens robustes ; un troisième, le forgeron, le fouille et sort deux revolvers et un couteau. Il a entre le métal et sa main un coton, il ne peut les toucher, c'est mauvais pour l'âme. Il me les tend d'un air dégoûté.

« Ça ne vous aura servi à rien ! »

J'observe un instant les armes, puis les rend à l'artisan.

« Au fleuve ! »

Il descend en chantonnant.

Les Indiens ont déshabillé l'Américain et l'ont attaché nu. On ne se défait pas d'un lien indien. Il a le cou pris dans une corde fichée dans un pieu.

« Comment avez-vous fait ? »

Nous sommes debout tous les deux, on lui a laissé suffisamment d'espace.

« Facile. Nous avons empoisonné le cachiri avec le jus de manioc frais qui sort de la couleuvre, la vannerie. C'est de l'arsenic pur…

– Mais je vous ai vu en boire ! »

Je ne souris pas. Peut-être que je ne sourirai plus jamais ?

« C'est exact. Les femmes ont commencé à nous servir du cachiri non empoisonné. Et puis, petit à petit, quand elles servaient vos hommes, elles ont substitué la boisson empoisonnée à l'autre. Vous n'avez été attentifs que sur les premières calebasses. Vous auriez dû exiger la drogue tout de suite. Mais vous étiez trop sûr de vous. J'en étais persuadé… Vous êtes vaniteux. »

Il admet sa défaite.

« Qu'est-ce que vous allez faire de la drogue ? Vous ne pourrez pas la dealer. Il faut connaître les bonnes personnes, les bons réseaux. Une drogue de cette qualité et dans cette quantité ne passera pas inaperçue. »

Le dernier mercenaire empoisonné finit de trembler. Ils sont tous sont morts.

« Tout le monde s'en fout, de la drogue. Votre mec s'est noyé. Tout seul, comme un grand. Et l'héroïne, les Indiens l'ont trouvée et l'ont balancée à la flotte. »

Il baisse la tête.

« Bien ! Je suppose que je vais mourir, comme vous me l'avez annoncé. Pourquoi ne m'avez-vous pas empoisonné, moi aussi ?

– Je ne pouvais pas. Vous êtes le chef, un destin différent vous attend.

– Vous allez me torturer ?

– Même pas. »

Je hoche la tête.

Je regarde les Indiens faire le ménage. Les femmes et les enfants récupèrent les flèches, lavent les pointes et les casse-têtes qui ont servi. Les hommes tirent les morts par les pieds et les balancent dans le fleuve. Là où les caïmans sont les plus gros et les plus voraces. Dans quelques heures, il ne restera rien d'eux. D'autres, sous les ordres d'Oulayoumaka, font glisser l'hélicoptère jusqu'à l'endroit du fleuve où le courant est le plus fort.

Le village se redresse déjà, la case qui a brûlé a été débarrassée du restant de la toiture calcinée. Elle va être immédiatement remplacée. Le soleil est ressorti, la tempête est passée à côté.

L'Américain fait face avec courage.

« Tant pis. Je ne vous ferai pas l'affront de vous supplier. Je suppose que ça ne servirait à rien… »

Je secoue la tête sans le regarder.

« Non, à rien. Vous avez eu tort de vous en prendre à des gens que vous méprisiez, sans les connaître. Vous savez… l'Indien pense être au centre du monde. Et que ce monde tourne autour de lui. »

Il hausse les épaules, il est pâle, mais il est courageux.

« J'ai joué et j'ai perdu ! »

Il a un sourire pâlot.

« Ma mère m'avait prédit que je finirais mal… elle ne m'aimait pas beaucoup. Et je le lui rendais bien. Une pute ! Mais dites-moi… ?

– Quoi encore ?

– Juste un mot… Comment allez-vous me tuer ? Comment… »

Bonne question, l'ami, bonne question… nous allons voir si tu es réellement courageux. Petit à petit, le village entier se regroupe autour de nous et regarde l'homme blanc avec curiosité. Il frissonne et, tout à coup, pressentant une chose horrible, il a du mal à articuler la fin de la phrase. Alors je lui explique :

« Ils avaient besoin que vous restiez vivant jusqu'au bout… »

CHAPITRE 23

Nous l'avons mangé entièrement.
Les gamins chantaient une comptine enfantine qui disait en gros :

tíken tíken
crácoüa hómain noubára
toüária chímêpoüi lanúari,
cáho bonále,
boúpou bonale
oüéche bonale
ouáttê bonale,
chíou bonále

Vite, vite,
qu'on me le lie
de crainte qu'il ne m'échappe,
que je le mange, tête, épaules, pieds,
sa fiente même,
que je le broie,
que je le réduise en bouillie,
et que je l'avale.

Moi, ils me donnèrent les mains, mets de chef. Mais j'ai demandé également un bout du cœur. Mon ennemi était valeureux, bien qu'il ait eu un moment de désespoir, et même, disons-le, de panique, lorsque je lui expliquais dans le détail comment il allait finir. Je désirais prendre un peu de sa force vitale.

Le moment le plus dur, ça n'a pas été celui-là. C'est lorsque mon organisme sortit de la drogue, quand je fus sevré. Je n'avais plus que mon courage pour accepter l'inconcevable.

Oui, ce fut le moment le plus dur.

Tamouchi m'aida.

« Plus de drogue, maintenant. Il faut que tu relèves la tête tout seul ! »

Je me jetai à corps perdu dans le travail intellectuel, l'étude. Je ne me sentais pas de retourner à la chasse ou à la pêche.

Tout le village considéra que Kali était ma nouvelle femme.

Tout le village, sauf moi.

Le premier soir, quand elle se glissa dans mon hamac, j'en sortis et allai me promener toute la nuit. Quand je revins, elle avait attaché son couchage à quelques mètres de moi, mais elle n'essaya plus de venir.

Jusqu'au coupé-deuil.

Deux ans. J'ai gardé mon chagrin et mon deuil deux ans. C'est le maximum. Pour la fête du coupé-deuil, je n'ai pas été seul à me faire peindre le corps. Kali, Tinndia et Oulayoumaka sont restés assis de longues heures avec moi pendant que les femmes nous recouvraient de signes de délivrance.

Ensuite, nous avons dansé toute la nuit et ce n'est qu'au petit matin, après nous être lavés, que nous avons revêtu de nouveaux habits.

Le soir même, Kali est de nouveau entrée dans mon hamac… Et là, je l'ai laissée faire. C'était le désir d'Amoïdena.

Mon récit s'arrête là. Le reste est banal. Une vie de chasse, entrecoupée d'études. Oulayoumaka, notre chef valeureux, est mort brusquement, exactement le jour où il l'avait prédit. Maklé, le sage, l'a remplacé. Tamouchi est très, très vieux…

« Presque cent ans cette année, mon fils ! Bientôt, tu prendras ma place.

– Ce n'est pas pressé. »

J'ai eu une autre fille et deux beaux garçons.

La vie est passée vite, faite de joies et de peines, comme pour n'importe qui. Il n'y a pas qu'un seul chemin pour gagner le haut de la montagne…

Mais quelquefois, j'ai l'impression qu'on m'appelle et je me retourne : il y a une ombre… Je pense toujours à Amoïdena. Elle est toujours en moi.

CHAPITRE 24

Et maintenant, je vais envoyer ce récit chez vous, par la poste.

Enfin… je préfèrerais le donner à quelqu'un de chair et de sang. À un être qui, même lointain, est un frère. Plutôt qu'à un service anonyme et quelconque. Un visage, des yeux dans lesquels j'aurai plongé mon regard, une âme, même inquiète, qui pourra transmettre de la main à la main cette lettre d'un bavard impénitent.

Oui, une lettre, un signe…

Pour une femme qui doit me haïr et, surtout, pour une enfant que j'ai abandonnée, que je ne connaîtrai jamais. Pour qu'elle mette une personnalité, une peau sur ce père fantasmatique qui a pourtant bien existé.

Je ne cherche pas à me faire pardonner. C'était une époque où nous étions des enfants qui jouions… C'est comme ça.

J'ai vécu deux vies en une. J'ai eu beaucoup de chance. Une superficielle, et une autre qui est la vraie vie.

Que tout cela est loin… Nous n'avons que très peu de contacts avec les gens, même avec nos frères de race. Ils disent que nous sommes les vieux Indiens ! Je crois qu'ils ont peur de nous, qu'ils nous attribuent même des pouvoirs extraordinaires. Malgré notre isolement, nous avons tout de même su que le fameux hélicoptère, que nous avions fait disparaître dans le fleuve purificateur, avait été la cause des recherches menées par l'armée. Les hommes de Smith l'avaient « emprunté » à la France.

Des prospections qui n'aboutirent à rien, nous nous étions évidemment soigneusement cachés.

Alors, l'arbre sacré qui avait toujours été là est tombé, en hurlant de douleur. En un jour ! Nous avons compris qu'il fallait partir.

L’île va très bientôt périr, mangée par le fleuve. Comme nous… Ce n’est qu’une disparition aux yeux des hommes, pour le reste, dans le cosmos, nous serons toujours là ! Comme dans ces dessins où il faut chercher le personnage caché dans les coups de crayons !

Ça dépend comment on regarde…

CHAPITRE 25

Ça dépend comment on regarde…

Cette phrase énigmatique finit ainsi ce long récit.

La pluie s'est mise à tomber, violente dans son désir d'humidifier la terre, de l'enfanter de nouveau. Le barman a allumé les lumières à l'intérieur tellement le ciel est sombre.

Je dis :

« Il fait presque nuit. »

Les reins bien au chaud près de la machine à café, le garçon n'est pas dans un de ses jours d'exubérance verbale. Il regarde la flotte tomber et pense à son sud, là-bas, plein de sécheresse, de lumière et de chaleur, qu'il ne reverra pas avant août.

Il ne répond qu'un :

« Hum, mouais… »

Les papiers font un tas devant moi, et je pense que j'ai la flemme de les ranger. Tout à coup, une tache blême s'écrase contre la vitre. Un visage jeune qui me dit quelque chose…

Elle cherche quelqu'un, désespérée. Malgré la pluie qu'elle ne semble pas sentir, on voit bien qu'elle pleure. Elle a les yeux et le nez rouges. Un caractère d'urgence semble habiter ce corps.

Tout à coup, elle m'aperçoit. Elle sursaute et tape violemment sur la vitre, la main bien à plat. Elle me fait signe de ne pas bouger et vraiment, je ne sais pas où je pourrait aller.

Son entrée dans le bar réveille tout le monde. Même le vieux chat qui ronronne doucement près du radiateur. Faut dire qu'elle fait tout pour ça. Quand elle pousse la porte, elle le fait avec une force telle que celle-ci bute contre le perroquet, qui ne soutient rien d'autre que mon manteau. Le garçon, vexé d'avoir tressailli lui aussi, proteste :

« Non, mais alors... »

Elle ne lui prête aucune attention, pointe un doigt triomphant sur moi et s'écrie :

« Vous, là ! Vous êtes là ! Vous n'êtes pas parti ! Je le voulais tant... »

Je me fige en espérant qu'elle se trompe de victime, mais non, c'est bien moi qu'elle désigne.

« Vous ne me reconnaissez pas ? »

Non, franchement, non... Enfin, non et oui... Il y a bien un sentiment de déjà-vu, mais il me faudrait du temps, et le ton est impératif. Et puis... je ne me sens pas le courage de, peut-être, l'indisposer. Je mens donc :

« Si, bien sûr... »

Elle n'est pas dupe et insiste. Il est important que je la reconnaisse.

« Vous savez, tout à l'heure, dans l'immeuble, là... »

Tout à coup, je sais, la jolie fille, la concierge...

« Ah oui ! C'est vous qui m'avez amené à votre mère pour cette lettre. Mais... que voulez-vous ? Vous avez dit que vous ne connaissiez pas le destinataire, vous avez changé d'avis ?

– Eh bien, oui... Heu, non, c'est que... »

Son regard tombe sur les papiers épars.

« L'enveloppe est ouverte ! Vous avez lu ? »

Son œil est mauvais, je ne sais pas pourquoi mais je sens que je vais passer un mauvais quart d'heure.

« Heu oui... »

Ses yeux me tuent mais la curiosité l'emporte.

« Alors ? Que dit-il ? »

Je pose une main ferme sur les papiers.

« Écoutez... Est-ce que vous connaissez la destinataire, oui ou non ?

– Oui, oui ! »

Qu'est-ce que c'est que cette embrouille ?

« Mais alors, pourquoi, tout à l'heure... ? »

Elle ne me laisse pas finir. Les yeux rivés sur ma main, qui repose fermement sur la pile de papiers.

« Parce que celle à qui cette lettre était destinée a changé de nom, c'est compliqué. Et je ne le savais pas... C'est pour ça que je vous ai dit... tout à l'heure... mais maintenant... »

Elle s'arrête, renifle. Je trouve cela extrêmement touchant.

« Bon. Qui est donc Sylvia Bianchi ?

– Ma mère ! Je viens de la retrouver dans la cuisine, en larmes. Je ne comprenais rien… Elle m'a tout dit. Celui qui a écrit ces lettres est mon père. Je dois les lire, il le faut ! »

La pluie redouble, elle renifle en levant son regard jusqu'à moi. L'eau a fait friser terriblement ses cheveux d'or. Je suis pris par le charme de ce petit nez rouge de froid, de ces yeux clairs, clairs… Oui, ce sont bien ses yeux.

« Oui, vous avez la même couleur d'yeux… »

Que je le lui dise lui provoque un choc ! Elle tient son cœur, comme si on lui avait flanqué un coup.

« Vous connaissez mon père ? »

Ses pupilles s'agrandissent comme si elle avait peur de moi. Une goutte d'eau tombe du friselis insensé et tache l'enveloppe.

Je hoche la tête. Elle se laisse tomber sur la chaise en face de moi.

« C'est… incroyable ! »

Elle me fixe avec une force, une intensité que je ne peux supporter. Je lève le bras pour attirer l'attention du gars du Sud, qui est retombé dans un rêve peuplé de cigales stridulantes.

« Garçon, une boisson forte… Un cognac ? »

Elle hoche la tête, mais je suis sûr qu'elle n'a pas entendu.

« Non, plutôt deux… »

Moi aussi, je suis ému. J'attends que l'homme nous serve avant de remettre les papiers en ordre et de tourner le paquet vers elle.

« Tenez, lisez. Tout cela est à vous. »

Elle reste perplexe devant les papiers, saisit le verre et le vide d'un coup. Je fais comme elle. L'alcool me monte directement à la tête, qui se met à légèrement tourner, bien agréablement. Puis, je ris. Elle rit aussi. Je fais signe au barman pour qu'il me resserve illico.

« Je vais être saoule ! Je n'ai pas l'habitude.

– Moi non plus. »

Elle rit encore.

« Ce n'est pas tous les jours qu'on découvre pour la première fois l'écriture de son vieux ! »

Elle pose le doigt sur la première page et déchiffre tout haut :

« Cela fait plusieurs lunes que nous devons partir… »

Elle redit à mi-voix la phrase :

« *Cela fait plusieurs lunes que nous devons partir*… C'est étrange de parler comme ça. Et puis, cette encre, et surtout… l'écriture ! »

Elle me prend à témoin :

« Vous ne trouvez pas qu'il a une belle écriture ?

– Oui, bien sûr. Mais vous n'avez pas envie de lire plus que la première phrase ? »

Elle caresse les mots avec son long doigt.

« Je ne sais pas. Je crois que… j'ai peur.

– Allez, courage ! Tenez, buvons un coup ensemble ! »

Nous trinquons, gling !

Et elle s'y met.

Nous allons boire cinq cognacs chacun. Elle va rire, pleurer, s'émouvoir. Quand elle a fini, l'orage s'est calmé. Il ne reste qu'une petite pluie qui coule doucement sur la vitre.

Elle reste tête basse longtemps, le barman cherche une radio, en sourdine, sur un vieux et énorme poste TSF.

Doucement, très doucement, son regard se tourne vers moi. Je frissonne. Elle est belle, mais ce n'est pas tout. Il se dégage de cette jeune fille une volonté peu commune.

« Comment est-il ? »

Sans me vanter, je suis assez fort pour décrire les gens qui m'ont impressionné. Je lui raconte donc notre rencontre dans le bar et tout ce qu'il m'a dit. Je suis obligé de lui dire que je l'ai suivi. Elle ne dit rien, mais me regarde avec un air étrange.

Au bout de mon récit, il y a l'aventure. Car au lieu de me lever et de laisser cette jeune fille aller vers son destin, quand elle me dit : « Je m'appelle Anita. – Enchanté, moi c'est Philippe. », nous nous serrons la main, sérieusement, presque avec une emphase comique, mais je ne lui rends pas sa main.

Non, je ne lui rends pas sa main… mon esprit s'embrouille et je revois ce grand fleuve mystérieux qui coule depuis toujours… Charriant année après année les arbres gigantesques qu'il arrache à la terre, un fleuve désiré, voulu par les dieux anciens… Et puis ces hommes étranges semblant faire partie intégrante de ces lieux magiques. Où sont-ils aujourd'hui ? Poursuivent-ils encore leur quête de la beauté, de l'équilibre parfait ? Nous qui avons réussi à domestiquer toute la planète, qui avons vaincu la nature… sommes-nous plus heureux que ces hominiens nus ?

Non, je ne crois pas.

En tous les cas, je sais qu'ils continuent de vivre à leur rythme, en restant cachés de nous. Et je sais qu'il en sera de tout temps comme cela. J'aime l'idée qu'ils sont quelque part, là-bas, je n'aurais pas supporté qu'ils disparaissent pour de bon.

Qui pourrait être plus marseillais que Gilles Del Pappas, né d'un père grec et d'une mère italienne dans cette ville qui accueille depuis vingt-cinq siècles les hommes de tous les horizons ?
Un Marseillais qui ne craint pas les voyages : Amérique du Sud, Maghreb, Afrique, Inde font partie des destinations régulières de cet infatigable chercheur de cultures et de rencontres. Même Paris, où il s'est posé un temps avant de revenir s'installer définitivement à deux pas du Vieux-Port, trop amoureux de la mer, du soleil et des garrigues pour en rester longtemps éloigné…
Et c'est un autre voyage, de la photographie au cinéma en passant par la peinture, qui l'a un jour conduit à l'écriture, avec son premier roman paru en 1998, *Le Baiser du Congre* (éditions Jigal), chaleureusement salué par la critique et nominé au Prix Polar de la même année. Depuis, les livres se succèdent en rangs serrés, son auteur raflant même en février 2002 le Grand Prix Littéraire de Provence, décerné par les Académiciens Marseillais pour l'ensemble de son œuvre.
Dans ses romans, on retrouve le reflet de son enfance de gamin des rues du Racati, le quartier où il est né, ou d'autres, au gré des pérégrinations de son héros favori, Constantin, observateur critique et témoin décalé de l'histoire de Marseille. Une écriture où on croirait entendre l'accent, un lexique pour les estrangers, des recettes de cuisine régionale en fin d'ouvrage, tout concourt à apporter une profonde originalité à cette œuvre et à justifier le succès qu'elle remporte.

Enfin, Gilles Del Pappas, qui accompagne l'aventure des Noires de Pau depuis l'origine (il préfaçait déjà l'édition 2000 du concours annuel de nouvelles), a fondé et dirige le Festival du Polar méditerranéen, qui se tient chaque automne à Villeneuve lez Avignon, et trouve le temps d'enseigner l'art du scénario dans deux Instituts universitaires. Et on dit les Marseillais paresseux…

DU MÊME AUTEUR

Éditions JIGAL : *Les enquêtes du "Grec"*
Le Baiser du Congre (également en format poche)
Bleu sur la peau (également en format poche)
Le Jobi du Racati
La Girelle de la belle de mai
Le Royaume de Dégun (également en format poche)
Du sel plein les yeux (également en format poche)
Pleure pas, le mistral se lève
Le cœur enragué (également en format poche)
Le cafoutchi du Diable (également en format poche)
La mue de la cigale (également en format poche)
L'anticyclone des Açores
Bada d'amour
L'espincheur des Accoules

Après la Lune
Chinois Vert mouillé
Sous la peau du monde

Autrement
Marseille, du noir vers le jaune (collectif)

CLC Éditions : *Les enquêtes de Gwendoline Strawberry*
Le boiteux Serbe
L'Asiate aux yeux verts
Gwendoline boi la tasse
Et également :
Massilia Dreams (réédition)
Saudade - Petites chroniques brésiliennes (avec J-P. Delfino et Fab)

Harpo &
Éclisse (avec Laurent Carte)

L'Écailler du Sud
Mémoire d'une goutte-sauce
Meurtre sur un plateau (collectif)

Librio Noir
Massilia Dreams

Le Lutin Malin
Cap'tain Solal et Shabadah

Hors commerce
Du Soleil dans la tête
L'école dans les nuages
36 nouvelles noires (collectif)

DANS LA MÊME COLLECTION

2005
• *Tango Parano*, roman d'Hervé Le Corre

2006
• *Rue des Absents*, roman de Mouloud Akkouche

2007
• *Mortel Estuaire*, roman de Philippe Cougrand

Mise en page : Atelier In8

Achevé d'imprimer en France
en septembre 2007
pour le compte
des *Éditions de l'Atelier In8*
Serres-Morlaàs (64)

Dépôt légal septembre 2007